@POCALYPSE

LES ENQUÊTES DE LOGICIELLE

COUPS DE THÉÂTRE
L'ORDINATUEUR
ARRÊTEZ LA MUSIQUE !
@SSASSINS.NET
SIMULATOR
BIG BUG
DES NOUVELLES DE LOGICIELLE
CINQ DEGRÉS DE TROP
MORT SUR LE NET
HACKER À BORD

@POCALYPSE

CHRISTIAN GRENIER

RAGEOT

Cet ouvrage a été imprimé sur un papier
issu de forêts gérées durablement,
de sources contrôlées.

Certifié PEFC
Ce produit est issu de forêts gérées durablement et de sources contrôlées.
PEFC™
10-32-2580
pefc-france.org

IMPRIM'VERT
Votre imprimeur agit pour l'environnement

Couverture de Vincent Dutrait.

ISBN 978-2-7002-3914-0
ISSN 1766-3016

« Dans trente ans, l'humanité aura les moyens de créer une intelligence suprahumaine, la Singularité. Peu après, l'ère de l'espèce humaine aura pris fin. »

Vernor Vinge
(*Technological singularity*, 1993)

« Si les Hommes ne réussissent pas à prendre le monde en charge correctement, il finira par se réguler de lui-même, d'une manière ou d'une autre. »

Sylvie Vauclair, astrophysicienne
(*La Terre, l'espace et au-delà*, 2009, Albin Michel)

1

Votre carte bancaire n'est plus valable. Vous n'aurez d'ailleurs plus l'occasion de l'utiliser.

Ce message incongru fit croire à Logicielle qu'il s'agissait d'une erreur. Ou d'une blague. Mais on était le 3 septembre, pas le 1er avril.

– Un problème ? demanda derrière elle la femme qui attendait son tour. Vous avez oublié votre code ?

– Non, c'est plus grave. Le distributeur a avalé ma carte.

Une carte presque neuve qui n'avait jamais posé problème.

À 8 h 50, la banque était ouverte. Logicielle entra dans le sas sans appuyer sur le bouton, la sécurité était débloquée. Elle céda le passage à un client qui sortait, furieux et dépité. En pénétrant dans le hall, elle aperçut des dizaines de clients qui vociféraient, massés devant les guichets :

– Ma carte ! Vous devez me restituer ma carte !

– Vous ne pouvez pas me donner cent euros ? Même si je vous fais un chèque ?

– Impossible d'ouvrir le coffre ! répétait le directeur de l'agence. Une panne provisoire. Repassez en fin de matinée !

Logicielle n'insista pas et sortit. Elle devait rejoindre au plus vite sa brigade de Saint-Denis qui, pour d'autres raisons, serait elle aussi débordée. Par celles et ceux qui avaient été cambriolés pendant l'été. C'est ce que lui avait affirmé la veille au téléphone son collègue Jean-François, dit Jeff, qui avait affronté un premier flot de plaignants.

Pour traverser l'avenue de la République, elle dut se faufiler entre les voitures immobilisées, entassées en désordre dans un concert d'avertisseurs en furie. La voie sur berge était bloquée, mais c'était le cas presque chaque matin. Par malchance, les feux ne fonctionnaient plus. Elle eut une pensée pour Max à qui elle avait laissé sa voiture ; elle l'avait chargé de faire le plein et d'acheter du champagne avant de la rejoindre à la brigade.

Une vague appréhension au cœur, elle pénétra dans les locaux du commissariat et joua des coudes pour accéder à son bureau.

En la croisant, Jeff lui jeta :

– Notre informaticienne préférée est enfin de retour de vacances ! Et ton adjoint ?

– Max est mon mari, rectifia-t-elle. Depuis le 11 août.

– On le sait ! Félicitations. Ça s'arrose, non ?

– C'est prévu. Le pot a lieu dans mon bureau à midi.

– Et ce voyage de noces, il s'est bien passé ?

Elle approuva en grimaçant. Difficile d'expliquer qu'au cours de leur croisière, Max et elle, réquisitionnés par le SPHP[1], avaient élucidé une série de meurtres et couvert la fuite de son frère Antoine, un hacker recherché par la CIA[2] !

– Eh bien ! fit-elle en désignant la foule qui se pressait dans le hall. On refuse du monde, ce matin.

– Ne m'en parle pas. Je suis content que tu prennes la relève. D'autant que le patron n'est pas encore arrivé.

– Comment ?

– Hier, il est parti à 22 heures et je ne l'ai pas revu depuis.

C'était stupéfiant. Delumeau était toujours là le week-end. Il prenait rarement des vacances. Et il débarquait avant l'aube.

– On ne va pas s'en plaindre, jeta Jean-François.

Dans la brigade, le commissaire n'était guère apprécié. Toujours d'une humeur de dogue,

1. Service de Protection des Hautes Personnalités.
2. Lire *Hacker à bord*, même collection.

c'était un vieux célibataire mal fagoté, aigri et intransigeant. Son absence était presque inquiétante.

À peine entrée dans son bureau, Logicielle fit volte-face pour crier :

– Jeff ? C'est toi qui as le dossier de l'affaire Billon ?

– Non. Hier soir, le patron est parti avec. Il a dû passer sa nuit dessus. Tu sais qu'il traite d'homme à homme avec cette petite frappe.

Arthur Billon, seize ans et demi, un an en AEMO[1] et trois mois avec sursis, était un dealer régulier et un indic débutant. Delumeau, qui l'avait pris sous son aile, lui soutirait souvent des infos pour un collègue de la brigade des stups.

Logicielle s'installa devant son ordinateur. Ce matin, elle n'avait pas consulté sa messagerie, Max faisait toujours la grimace quand elle pianotait sur son portable. Par pitié, ne deviens pas une femme écran ! l'avait-il suppliée.

Elle tomba sur un mail du commissaire de la brigade de Bergerac, son vieux complice Germain Germain-Germain. Il le lui avait envoyé la veille au soir.

Je vous écris d'un hôtel, à dix kilomètres de chez vous. Eh oui, finalement j'ai pris la voiture pour venir à Roissy accueillir Andre à sa descente d'avion, demain matin…

1. AEMO : Aide Éducative en Milieu Ouvert.

Logicielle sourit. Un an auparavant, Germain avait retrouvé une amie d'enfance, Andre[1] Connely, qui avait fait carrière aux États-Unis. Ils envisageaient de vivre ensemble en France.

Nous pourrions peut-être déjeuner demain tous les quatre ? Nous rejoindrons le Périgord dans l'après-midi. Andre restera chez moi jusqu'à la fin du mois.

À cet instant, l'écran s'éteignit. Ainsi que sa lampe de bureau. Elle réprima un juron et songea, pour la centième fois en trois ans, que l'achat d'un onduleur s'imposait.

– Il n'y a plus de jus chez toi non plus ? s'informa Jeff qui avait entrouvert la porte de son bureau. C'est le bouquet !

– Duplumeau n'est toujours pas là ?

– Ben non. Silence radio.

Elle leva les yeux vers la pendule, il était 9 h 15, et s'informa :

– Tu l'as joint sur son portable ?

– Tu sais bien qu'il ne l'allume jamais, il n'écoute même pas ses messages. Non, j'ai appelé chez lui.

– Et alors ?

– À huit heures moins le quart, c'était occupé et à neuf heures moins dix, ça sonnait dans le vide. À mon avis, il est dans les embouteillages.

1. Américanisé, ce prénom féminin se prononce comme en français, Andrée.

Il désigna la rue où s'entassaient des centaines de véhicules. Les passants qui ne couraient pas pour se rendre à leur travail s'acharnaient sur leur portable.

Elle sortit le sien ; il affichait « réseau introuvable ».

Un frisson la parcourut. Trois secondes pendant lesquelles le concert d'avertisseurs, audehors, fit écho aux cris de la cohue qui se pressait dans le commissariat.

Elle eut une pensée pour Max et regretta qu'il ne soit pas là.

Une phrase de son frère Antoine lui revint en mémoire, une mise en garde qu'il lui avait jetée avant de disparaître dans la nature : *Bientôt vont se produire des événements imprévus. Et majeurs.*

Il avait ajouté un conseil : *Aie toujours en réserve une ou deux batteries de secours pour ton ordinateur portable.*

– On est débordés ! constata Jeff en désignant la foultitude qui grossissait. Il paraît que le métro est en panne. Qu'est-ce que tu comptes faire ?

– Aller chercher Delumeau. Son absence est anormale. Et puis je nous vois mal gérer la situation sans ses instructions.

2

– Le patron habite toujours Saint-Ouen ? demanda Logicielle.

– Oui, au 12 rue des Chantiers, confirma Jeff. À deux pas des bords de Seine. Tu nous raconteras ?

– Entendu. Je file !

Depuis son arrivée à la brigade, Logicielle ne s'était jamais risquée chez Delumeau. Peu sociable, il n'invitait pas ses adjoints qui ignoraient tout de sa vie privée.

À l'extérieur du commissariat, elle s'immobilisa, une moto qui roulait sur le trottoir venait de piler à ses pieds. Une bouffée de soulagement la submergea.

– Max… toi ! Et la voiture ?

– Je l'ai laissée au supermarché, expliqua le conducteur en relevant sa visière. Une heure pour faire le plein… quelle crise !

– Et la caisse de champagne ?

– Elle est restée dans le coffre. Impossible de sortir du parking. J'ai rejoint le studio à pied pour reprendre ma moto. Tu partais ? Je t'emmène. On va où ?

Elle faillit répliquer, n'importe où, loin d'ici, au bout du monde !

Le bonheur, Logicielle en avait peur. Dès qu'elle l'approchait, un drame venait souvent le différer – ou l'anéantir.

Elle monta à l'arrière et résuma les faits du matin à Max qui se joua des embouteillages, se faufilant entre les voitures, montant sur les trottoirs pour rejoindre la chaussée plus loin.

Bientôt, ils furent sur les quais de Seine. Ici comme ailleurs, la circulation semblait coagulée. De nombreux conducteurs étaient sortis pour râler, fumer et commenter le monstrueux bouchon.

Logicielle serrait Max comme si elle craignait de le perdre. Longtemps, elle avait été irritée par son amour et sa jalousie. Aujourd'hui, elle n'envisageait plus la vie sans lui. Comment avait-il fait pour la séduire et se rendre si indispensable ?

Bientôt, ils quittèrent les quais et longèrent le parc verdoyant du château de Saint-Ouen. Quand Max tourna à gauche pour s'engager dans une rue étroite, Logicielle lui lança :

– Eh... tu es déjà venu ?

– Non, mais Faustine connaît le quartier par cœur, fit-il en pointant l'index sur son casque.

Faustine, elle s'en souvint, était le surnom dont Max avait affublé la voix du GPS dont l'oreillette ne le quittait plus.

Il ajouta en désignant la rue :

– Miracle, pas une seule voiture !

– Sauf toutes celles qui sont garées.

La plupart étaient des épaves. Quand on stationnait ici, c'était pour longtemps. D'anciennes usines désaffectées jouxtaient des pavillons vétustes aux façades lépreuses. Celui du n° 12 offrait, entre ses murs aux tags défraîchis, deux fenêtres fermées par des volets métalliques. À en juger par la rouille, on ne les ouvrait pas souvent.

– Tu es sûre que c'est là ? demanda Max en arrêtant le moteur.

– Oui, regarde.

Elle montra, près du portail contigu au mur du pavillon, une boîte aux lettres où l'on pouvait lire : *Adèle & Edmond Delumeau*.

– Duplumeau serait marié ? s'écria Max. On rêve !

À dix mètres, un ouvrier aux cheveux gris et à la salopette assortie émergea d'une cour. Il était chargé d'un châssis en bois qu'il hissa dans une camionnette. La maison de Delumeau était voisine d'une entreprise nommée Duruel dont l'enseigne précisait :

Portes et fenêtres sur mesure & rénovation.

L'homme leur jeta un regard intrigué et réintégra son atelier.

– C'est ouvert, dit Max qui avait poussé la porte du n° 12.

Ils pénétrèrent dans un jardin envahi d'herbes folles. À leur arrivée, un gros matou noir balafré, qui mangeait dans la gamelle posée sur le seuil, fixa les nouveaux venus... et s'enfuit.

Sans lui et cette nourriture fraîche déposée à son intention, Logicielle aurait juré que la maison était inhabitée. Mais côté jardin, les volets des fenêtres étaient ouverts.

Elle aperçut sur le gravier de l'allée deux traces parallèles qui aboutissaient au plan incliné en béton menant à l'entrée du pavillon. Elle gravit les trois marches du perron et son cœur manqua un coup. La porte, entrebâillée, avait été forcée, comme en témoignaient la serrure arrachée et les éclats de bois autour du chambranle.

– Max ? chuchota-t-elle.

Une seconde coula, pendant laquelle résonna, au loin, l'accord continu et discordant des avertisseurs et, tout près, dans la cour de l'entreprise voisine, le miaulement d'une scie électrique. Le courant a été rétabli, songea-t-elle en un éclair avant de jeter un coup d'œil instinctif à sa montre.

Il était 9 h 35.

– Reste là, ordonna Max à voix basse.

Elle faillit protester mais déjà il l'écartait et pénétrait dans le vestibule en brandissant son arme de service. Elle se résigna à le suivre en dégainant son Sig Sauer. Ils entrèrent dans un séjour sombre, en dépit de sa fenêtre donnant sur le jardin. Un vieux téléviseur ventru trônait devant un canapé à fleurs, une grande table de chêne et un buffet basque d'une laideur exceptionnelle.

– Il y a quelqu'un ? cria Max.

Seul répondit le chant étouffé de la scie électrique.

À son tour, Logicielle intima à Max l'ordre muet de ne pas bouger. Elle traversa le séjour et frappa à l'une des deux portes qu'on trouvait au fond de la pièce. N'obtenant pas de réponse, elle l'ouvrit d'un coup et s'en écarta.

– Bon sang, grommela Max derrière elle.

Delumeau était là, face contre terre, près d'une chaise renversée, affalé en pyjama sur la moquette, entre son lit défait et la table placée sous la fenêtre. Sa tempe était percée d'un trou aux contours nets. Un peu de sang avait coulé de la blessure.

Logicielle comprit qu'ils étaient arrivés trop tard.

– Suicide ? suggéra Max d'une voix blanche.

– Non. Il n'y a pas d'arme sur la moquette. À moins que…

Logicielle avisa les vêtements du commissaire, posés sur le dossier d'une chaise. Plus rapide, Max découvrit le holster réglementaire qui pendait à la patère fixée derrière la porte.

– Vide, constata-t-il en décrochant l'objet. L'arme de service du patron a disparu.

Logicielle rangea son Sig Sauer et prit son portable. Réseau toujours introuvable. Sans se retourner, elle ordonna :

– Max ? Va vérifier les autres pièces, les placards, le grenier…

L'agresseur avait sûrement filé depuis longtemps. Elle réprima une larme. Même si Delumeau avait été un supérieur exigeant et souvent injuste, il ne méritait pas une telle fin.

Elle se pencha vers lui et aperçut des traces de poudre sur ses cheveux. Le coup de feu avait été tiré à moins d'un mètre, à bout portant peut-être. Elle posa l'index sur le cou du commissaire. L'artère ne battait plus mais la peau était chaude. Le décès était très récent. S'ils étaient arrivés un quart d'heure plus tôt…

– Non, murmura-t-elle. Quelque chose ne colle pas.

À 8 h 45, la ligne était occupée, Delumeau téléphonait-il ? Cinq minutes plus tard, il n'avait pas répondu. Était-il mort ? Non, puisqu'il était 9 h 50. En une heure, le corps aurait dû refroidir.

La victime avait les bras écartés ; à dix centimètres de sa main gauche gisait un cadre en bois de la taille d'un cahier dont le verre, en tombant, s'était brisé.

Elle alla jusqu'à la table qui faisait office de bureau. On y trouvait un moniteur, un clavier, un sous-main, des classeurs… L'ordinateur, une bécane préhistorique, était éteint.

Malgré elle, elle échafaudait déjà un scénario : le commissaire se lève et allume son ordinateur. Alors qu'il est assis face au clavier, l'assassin enfonce la porte du pavillon et entre dans la chambre. Delumeau pressent à cet instant une présence, se retourne et aperçoit l'intrus armé.

Peut-être saisit-il, geste dérisoire, ce cadre pour se défendre ? Trop tard, son meurtrier l'abat à bout portant.

Elle s'approcha du lit et voulut allumer la lampe posée sur la grosse commode qui faisait office de table de chevet.

Toujours pas de courant. Elle jura.

– Si je savais ce qu'affichait l'écran au moment du meurtre...

– Logicielle ? jeta Max derrière elle d'une voix rauque. Tu devrais venir voir dans la chambre voisine. Je crains qu'il n'y ait une autre victime.

4

Max avait enfilé des gants stériles ; il en tendit une paire à Logicielle avant de l'entraîner dans la pièce contiguë dont les volets étaient fermés. Logicielle aperçut un fauteuil roulant replié, posé contre un mur ; puis une alcôve où, dans un lit, une vieille femme en chemise de nuit fixait le plafond avec un étonnement outré, la bouche grande ouverte.

Logicielle sut qu'il s'agissait d'Adèle Delumeau. Vu son âge, plus de quatre-vingts ans, ce n'était pas l'épouse du commissaire mais sans doute sa mère. Elle était figée dans une protestation muette, bras tendus et poings crispés, comme si elle avait lutté. Sur le lit gisaient trois gros oreillers fripés.

Aucune trace de sang apparente.

Soudain, un bruit de pas retentit dans la salle de séjour.

Les deux policiers se retournèrent pour braquer d'un même mouvement leur arme vers la porte.

– Y a quelqu'un ? lança entre deux halètements une voix que Logicielle identifia aussitôt.

Elle bondit vers le nouvel arrivant et s'écria, stupéfaite :

– Doc Ti Waq ? Vous ? Qu'est-ce que vous faites ici ?

Patrick Waquier, médecin légiste attaché à la brigade, esquissa un sourire à travers sa barbe poivre et sel. Il était trempé de sueur.

– Salut Logicielle ! Eh bien vous avez fait plus vite que moi.

– Mais... qui vous a demandé de venir ?

– Sans doute l'un de vos collègues. J'ai reçu un appel il y a... eh bien il était environ neuf heures.

– Un appel ? répéta-t-elle. Mais de qui ?

– Je n'en sais rien ! J'étais en plein boulot à la morgue de l'hôpital Bichat quand le téléphone a sonné. Mon assistant a répondu. On m'ordonnait de filer de toute urgence au domicile de Delumeau, au 12 rue des Chantiers.

– Votre correspondant ne s'est pas présenté ?

– Non. J'ai pensé qu'il s'agissait d'un homme de votre brigade. Il a évoqué deux victimes. Et des soins urgents à apporter au commissaire.

– Des soins ?

– Oui, ça m'a étonné. D'ordinaire, mes clients m'arrivent plutôt les pieds devant. Alors j'ai appelé le Samu. Par précaution. Les premiers secours ne sont pas encore là ?

– Non, Doc. Vous êtes le premier. Comment êtes-vous venu ?

– Cette question, à pied ! Un sacré jogging matinal, je cours depuis une bonne demi-heure.

Avec les rues bouchées, songea-t-elle, un piéton était plus rapide qu'une ambulance.

– Où est le commissaire, Logicielle ?

– Venez. Une question stupide, Doc... à la morgue, vous aviez du courant ?

– Oui, Bichat a été épargné. Et puis en cas de panne, nos groupes électrogènes prennent le relais.

– Et le téléphone de l'hôpital fonctionnait ?

– Bien sûr puisque je suis ici !

Le légiste entra dans la chambre du commissaire et s'agenouilla près du corps. Il eut le même geste que celui qu'avait effectué Logicielle peu auparavant. Mais il garda le doigt plus longtemps sur la jugulaire. Puis releva la tête.

– Il est toujours vivant.

– Comment ?

– Ne vous réjouissez pas trop vite. Le cerveau a dû subir de gros dégâts.

Logicielle comprit pourquoi le corps de son supérieur lui avait paru chaud. Mais qui avait téléphoné à Bichat pour prévenir Waquier ? Un meurtrier appelle rarement les secours.

Le légiste ouvrit sa trousse.

À l'extérieur, une sirène familière se détacha peu à peu de la lointaine symphonie d'avertisseurs.

– Le Samu, supposa Max en quittant la pièce.

– Doc, dit Logicielle, vous pourrez jeter un coup d'œil dans l'autre chambre ? Ce matin, vous avez du boulot.

Elle rejoignit Max qui s'était posté sur le seuil du pavillon. En passant, elle fut frappée par la présence, à hauteur d'épaule, de quelques fils violets accrochés sur le bois éclaté du chambranle.

– Max ? Regarde. On dirait de la laine.

– Mmmh... Plutôt des poils. Ou du crin. Tu en déduis la même chose que moi ?

– Sans doute. Ni toi ni moi n'avons de vêtement d'une telle couleur. Et Waquier porte un blouson gris.

– Celui qui a enfoncé cette porte d'un coup d'épaule y a laissé des plumes.

– Pourquoi dis-tu « celui », Max ? Tu connais beaucoup d'hommes qui portent des pulls de cette couleur ?

– Non. Mais je connais peu de femmes capables d'enfoncer une telle porte en chêne.

Logicielle n'eut pas le temps de répondre : un véhicule du Samu avait jailli dans la rue des Chantiers, toutes sirènes hurlantes.

Il stoppa devant l'entrée et trois hommes vêtus d'une blouse blanche en sortirent, munis d'un masque, d'une bouteille d'oxygène et d'une civière.

Le chauffeur quitta le véhicule à son tour et soupira :

– Quel gymkhana pour arriver jusqu'ici !

Max les entraîna à l'intérieur du pavillon.

Une minute plus tard, alors que le commissaire recevait les premiers soins, Logicielle entendit Waquier pousser un juron étouffé. Il lui adressa un signe négatif de la tête et la rejoignit pour lui chuchoter :

– C'est fini. Et je crois que c'est mieux ainsi.

Il y eut dix secondes d'un lourd silence. Les infirmiers étaient restés penchés sur le corps, comme pour se recueillir.

Un miaulement interrogatif les fit tous sursauter.

Le chat noir se tenait là, sur le seuil de la chambre, comme pour demander à ces inconnus la raison de leur présence incongrue.

Ils se relevèrent en même temps.

Et le chat s'enfuit.

5

Pendant que les secouristes sanglaient le corps du commissaire sur une civière, Logicielle entraîna Waquier dans la chambre contiguë. Max ouvrit les volets pour que le légiste puisse examiner le cadavre.

– Le décès remonte à une heure. Peut-être un peu plus.

– Mort naturelle ou homicide ?

– Difficile à savoir. À première vue, il n'y a pas trace de lutte.

– Médicaments ? suggéra Logicielle en désignant les boîtes entassées sur la table de nuit.

– Je vous en dirai plus après l'autopsie. Ensuite, vous entrerez en scène.

– Hélas non, Doc. Cette affaire va nous échapper.

– Exact, confirma Max. Une brigade ne peut enquêter sur le meurtre de son patron. La Crim va s'en charger. Sans parler de l'IGS[1], qui mettra forcément son nez dans l'affaire !

1. L'Inspection Générale des Services, la « police des polices ».

– Dommage, déplora le légiste. Dans un meurtre, le temps joue contre les enquêteurs. Et vous êtes les mieux placés pour savoir qui avait intérêt à…

– … à tuer le commissaire ? Oui, admit Max. Mais sa mère ?

– Doucement, objecta Waquier. Rien ne prouve qu'elle a été assassinée.

Ils revinrent dans la chambre de Delumeau, où Max avait dessiné l'emplacement du corps de la victime à l'aide d'une craie.

Logicielle lui demanda :

– Tu irais chercher des sacs stériles, le ruban et des scellés dans la sacoche de ta moto ? Et puis tu devrais prendre des photos du corps de madame Delumeau avant qu'on ne l'emmène.

– Vous avez une autre civière ? demanda Waquier à l'urgentiste revenu récupérer la bouteille à oxygène tandis que Max sortait.

– Oui. Pourquoi ?

– Il y a un deuxième corps à rapatrier à Bichat. Et si je pouvais monter dans votre ambulance…

– Là, ça va faire beaucoup, dit le médecin en se grattant la tête.

Il présenta une décharge à Logicielle qui la signa. Elle songeait que, dans une heure, la Crim et l'IGS seraient là. L'enquête lui échapperait.

– Bon, décréta le légiste, je vais devoir retourner à la morgue à pied.

– Non, Doc. Une minute !

Avec une pince à épiler, Logicielle ôta du chambranle de la porte le fragment de tissu qu'elle glissa dans une pochette transparente.

– Vous pourriez confier ça au labo pour analyse ? Toi, Max, tu vas conduire Doc Ti Waq à Bichat en moto. Tu passeras ensuite à la brigade avertir nos collègues.

– Il faut que je te laisse ? Vraiment ?

– Tu en as pour moins d'une heure. Et reviens me chercher.

Il s'approcha de Logicielle pour l'embrasser. Un réflexe récent devenu une habitude.

– À tout à l'heure, murmura-t-elle.

Elle passa la main dans les cheveux frisés de Max et le poussa vers la rue. Une fois que la moto eut disparu à l'angle de la rue des Chantiers, elle vit une camionnette de livraison déboucher à l'autre extrémité, et s'arrêter devant le numéro 12. Le jeune conducteur ouvrit les portes arrière du fourgon, en sortit deux gros packs d'eau minérale et monta jusqu'au seuil du perron.

– Désolé pour le retard. Vous êtes madame Delumeau ?

– Non. De quoi s'agit-il ?

– C'est votre commande. Enfin, celle de madame Delumeau. Qu'est-ce que j'en fais ?

– Posez ça ici, dans le vestibule.

– Bon. Mais pour le reste ?

– Quel reste ?

Le livreur désigna son véhicule qui bloquait la rue, heureusement déserte.

– Ben… les autres provisions !

– Pourquoi ? Il y en a beaucoup ?

– Ah oui ! Des dizaines de conserves, plusieurs kilos de pâtes et de riz… Mon fourgon est plein, jamais ça ne tiendra dans le vestibule !

– Attendez… Madame Delumeau vous commande la même chose toutes les semaines ? Tous les mois ?

– Non. C'est la première fois que je viens. Et ça fait trois ans que je travaille dans le même magasin. Pour une nouvelle cliente, je trouve qu'elle fait très fort. À moins qu'elle ne dirige une colonie de vacances ? Bon, il faut que je décharge ! Où ?

Prise au dépourvu, Logicielle réfléchit.

– Vous allez devoir rapporter ces provisions.

– Vous plaisantez ? J'ai mis une heure et demie pour arriver ici !

– Madame Delumeau est… elle ne pourra pas honorer sa commande.

– Oh, tout a été payé.

– Quand ? Comment ?

– Hier après-midi. Par Internet. Et avec sa carte bancaire. Bon, vous me dites où je peux déposer la marchandise ?

Logicielle hésita puis indiqua la cuisine et tendit au livreur une paire de gants stériles. Le jeune homme écarquilla les yeux.

– Police, expliqua-t-elle en montrant sa carte. Enfilez ça, laissez la marchandise et ne touchez à rien d'autre.

– Mais qu'est-ce qui...

– Et ne posez aucune question.

Dix minutes plus tard, en signant le reçu qu'il lui tendait, elle aperçut l'ouvrier de l'entreprise voisine qui, sur le trottoir, fumait une cigarette en guettant le départ de la camionnette.

Elle décida de le rejoindre...

6

La poignée de main était rude et franche, à l'image des traits burinés de l'artisan.

– Lieutenant de police Beffroy, de la brigade de Saint-Denis.

– Duruel, fit l'autre en désignant l'enseigne au-dessus de lui. Qu'est-ce qui se passe chez les voisins ?

– Du vilain. Dites-moi, les Delumeau se font souvent livrer des provisions pour soutenir un siège ?

– Jamais. D'ordinaire, c'est le commissaire qui fait les courses.

– Vous connaissez bien monsieur Delumeau ?

Duruel esquissa un sourire.

– Oui et non. Il est né ici. Et moi aussi. Nous avons le même âge. Il y a cinquante ans, nous avons usé nos fonds de culotte dans la sciure de l'entreprise de mon père. Et dans le jardin de sa mère, quand elle ne nous chassait pas à coups de balai.

– C'est donc un ami d'enfance ?

– Pas vraiment. Enfants, nous étions amis.

Logicielle comprit la nuance.

– À seize ans, mon père m'a embauché, expliqua Duruel. Et Edmond a suivi des études supérieures. Alors on ne s'est plus guère croisés. Et moins encore depuis l'accident de sa mère.

– L'accident ?

– Elle s'est plantée en voiture. Voilà trente-cinq ans qu'elle ne sort de sa maison que pour prendre le courrier et tourmenter les chats de son fils.

– Donc, vous allez la voir souvent ?

– Jamais. J'habite en face, au premier étage de l'atelier.

– Alors vous ne rendez jamais visite à votre... ancien camarade ?

– Non. Et il ne vient jamais chez moi. Edmond n'est pas du genre causant, vous savez.

– Oui, je sais.

À présent, elle comprenait pourquoi Delumeau était si taciturne. Si négligé. Et si peu pressé de rentrer chez lui.

– Et la mère Delumeau a toujours été une vraie teigne. La dernière fois que je suis venu au pavillon, j'ai assisté à une méchante prise de bec entre eux. C'est une sale bonne femme, et je pèse mes mots. Exigeante, égoïste, injuste... Forcément, ça a déteint sur Edmond.

– Madame Delumeau a perdu son mari ?

– Je ne sais même pas si elle en a eu un. Et puis ce ne sont pas mes affaires. Bon, qu'est-ce qui s'est passé ?

Logicielle hésita avant de révéler :

– Elle est morte. Son fils également. Ça pourrait bien être un assassinat...

Bouche bée, Duruel s'immobilisa. Il eut un regard pour le bout de la rue où le véhicule du Samu, la moto et la camionnette de livraison avaient disparu.

– Alors... c'était ça, l'ambulance ? Ils sont vraiment morts ? Tous les deux ?

– Oui. Dites-moi, monsieur Duruel, je peux vous poser quelques questions ?

Il ne prêtait aucune attention à Logicielle. Les yeux dans le vague, il ne cessait de hocher la tête en murmurant :

– Pauvre Edmond, il ne méritait pas ça ! Quelle vie il aura eue...

– À moins que vous ne préfériez venir au commissariat ?

L'artisan parut sortir d'un rêve éveillé.

– Comment ? Non. Bien sûr que non ! Qu'est-ce que vous voulez savoir ?

– Ce matin, vous avez vu quelqu'un rôder dans la rue ?

– Non. Tout était désert quand j'ai ouvert l'atelier.

– À quelle heure ?

– Huit heures et demie. Peut-être neuf heures moins vingt. En sortant mon fourgon, j'ai aperçu Edmond sur le trottoir, devant son pavillon. Il était en pyjama.

– En pyjama ?

– Oui. Il semblait attendre quelqu'un. Nous nous sommes adressé un signe de loin. J'ai pris mon courrier dans la boîte. Et je suis rentré dans l'atelier.

– Vous en êtes ressorti quand ?

– Au moment où vous êtes arrivée en moto avec votre collègue.

– C'est-à-dire une heure plus tard ?

– Peut-être. Je n'ai pas fait attention. C'est à ce moment-là que l'électricité a été coupée et qu'il m'a fallu mettre en marche le groupe électrogène. J'ai trois fenêtres à installer avant ce soir.

Logicielle comprit pourquoi la scie du menuisier fonctionnait. Et comment, pendant cette petite heure, l'assassin avait pu pénétrer chez Delumeau et en sortir sans être vu. Duruel n'avait même pas entendu le coup de feu.

– Vous avez d'autres questions, mademoiselle ?

– Madame.

Elle se mordit les lèvres et grommela :

– Ou plutôt lieutenant. Non, pas d'autres questions pour l'instant. Au besoin, je referai appel à vous. Merci, monsieur Duruel.

En dix pas, elle rejoignit le pavillon. Elle fut accueillie par le chat qui voulait achever son repas. Il lui jeta un regard de reproche avant de disparaître dans les taillis.

Logicielle n'était pas inquiète pour lui. Les chats parviennent toujours à survivre. Ils n'ont pas besoin des humains.

7

Elle regagna la chambre du commissaire, enfila de nouveaux gants stériles et s'assit devant l'ordinateur.

Toujours pas d'électricité.

Emporter le disque dur ? Impossible. Subtiliser un indice serait une faute lourde. Et elle ne pouvait même pas en faire une copie !

Elle ouvrit l'agenda qui se trouvait près du clavier. À la première page figuraient l'identité du commissaire, son numéro de Sécurité sociale, de téléphone, son adresse et la mention : *adresse mail : delumass@free.fr*

Suivait le mot *Massenet* accompagné de dix chiffres. Sans doute un numéro de téléphone.

Elle feuilleta le calepin sans y trouver d'indication particulière. Hormis les initiales AB avec une heure de rendez-vous deux mardis de suite, en août.

C'était aussi le cas ce 3 septembre, à 8 h 30 : AB.

– Arthur Billon ? supposa-t-elle.

Elle savait le dealer en affaires avec le commissaire. Ce qui expliquerait qu'il ait emporté son dossier chez lui. Un dossier qu'elle passa un quart d'heure à tenter de retrouver.

En vain.

En fouillant dans les tiroirs de la commode ventrue, elle découvrit trois paquets de lettres entourées d'un ruban bleu. On en avait extirpé deux enveloppes qui gisaient au milieu de chemises mal repassées.

Elle sourit tristement. Du courrier sentimental ? Peut-être. Mais ce n'était pas le moment de se plonger dans la correspondance intime de son supérieur...

Pourtant, elle fit le lien avec le cadre brisé resté sur la moquette. La photo s'en était à moitié échappée. Délicatement, elle l'enleva, alla jusqu'à la fenêtre pour l'examiner... et étouffa une exclamation de surprise. Un couple souriant, tendrement enlacé, se tenait sous l'arceau d'une roseraie en fleurs.

– Aucun doute, murmura-t-elle. C'est Delumeau.

Le commissaire avait été un jeune homme séduisant au regard intelligent, tendre et indulgent. Comment était-il devenu ce patron borné, grognon et parfois odieux ?

Elle retourna la photo où figurait une date, vieille de trente-quatre ans, ainsi que les prénoms *Manon & Edmond*.

Son regard tomba sur les vêtements du commissaire puis sur le holster vide.

– L'arme de service a disparu, murmura-t-elle. Ainsi que le dossier Billon. Billon que le patron devait voir ce matin…

Elle soupira. Jamais elle n'aurait imaginé que Billon se transformerait en meurtrier. Sauf si le contrat condamnant Delumeau avait été commandité.

Le portable du commissaire était lui aussi invisible.

Logicielle ouvrit la pochette de cuir posée sur le fauteuil et en vérifia le contenu. Passeport, carte bancaire, carte d'identité… rien ne semblait manquer. Elle trouva même un vieux carnet de chèques entamé et quinze ou vingt euros en liquide.

– Déjà onze heures ! s'exclama-t-elle en apercevant le réveil sur la commode. Et Max n'est pas revenu. Bon, il faut coincer Billon. À moins qu'il n'ait filé.

Après avoir hésité, elle glissa la photo dans son blouson. Elle prit le temps de scotcher un ruban de plastique rouge et blanc sur la porte ainsi que sur le portillon séparant la rue du jardin.

Le suspect habitait à un quart d'heure d'ici, Logicielle était déjà allée deux fois chez lui.

Elle rejoignit en courant le boulevard, toujours aussi encombré.

Elle aperçut presque aussitôt face à elle, sur le trottoir, une moto qui se frayait un chemin parmi les piétons.

– Mission accomplie ! lui lança Max en enlevant son casque. Tu allais où ?

– Chez Billon. Rue Jean.

– OK. On fera sans Faustine, elle est devenue muette.

Logicielle monta à l'arrière et lui résuma les faits.

Trois minutes plus tard, ils montaient quatre à quatre l'escalier de l'immeuble. Arrivée au deuxième étage, Logicielle allait frapper à la porte quand celle-ci s'ouvrit brusquement.

Le garçon qui sortait de chez lui se figea sur place et blêmit.

– Arthur ! lui jeta cordialement Max. Tu t'en allais ?

– Il venait nous rapporter ce dossier à la brigade, ajouta Logicielle en désignant ce que le jeune homme avait sous son bras. C'est très gentil à toi. Mais tu vois, nous t'avons devancé.

Le garçon leva les yeux au ciel et serra les dents. Puis il murmura d'une voix chavirée :

– Lieutenant, c'est pas du tout ce que vous croyez ! Je vais tout vous expliquer...

8

Penaud, le suspect laissa entrer les deux policiers dans le studio. Pour s'asseoir, Logicielle écarta la console de jeux qui traînait sur le canapé. Plus prudent, Max resta debout devant la porte qu'il avait refermée et répéta :

– Tu vas tout nous expliquer ? Très bien, Arthur. On t'écoute.

– Ben voilà… j'avais rendez-vous ce matin avec le commissaire. À huit heures et demie. Chez lui. Mais… je m'étais couché tard.

– Une petite fête avec les copains ? dit Logicielle en désignant les DVD, cendriers pleins et bouteilles vides éparpillés sur la moquette.

– Ouais. Et mon portable a pas sonné. J'ai émergé à neuf heures. J'ai voulu prendre ma mob, mais dans la rue, c'était le b…

– Le bazar, compléta Max. On est au courant, on a vu.

– Alors j'y ai été à pied.

– Et tu es arrivé là-bas à quelle heure ?

– Je sais pas. Un quart d'heure après ? La porte du jardin était ouverte. Celle du pavillon aussi. Mais là, c'était comme si on l'avait forcée !

– Bien sûr, approuva Max. Alors tu es entré ?

– Ben oui, puisque j'avais rendez-vous. Et là...

Là, Billon s'interrompit pour se prendre la tête dans les mains et sangloter. Il parvint enfin à bredouiller :

– Là, comme personne répondait, je suis entré dans la chambre du commissaire... et je l'ai trouvé affalé par terre. Avec une balle dans la tête !

– Et ça t'a fait beaucoup de peine, ajouta Max. C'est sûrement pour ça que tu pleures ?

– Je vous jure que c'est vrai, lieutenant ! La vie de ma mère ! Enfin mettez-vous à ma place ! Vous auriez fait quoi ?

– Moi ? répondit Max. J'aurais appelé la police.

– J'ai essayé, lieutenant ! Parole ! Mais y avait pas de réseau ! La ligne fixe ? Rien non plus ! J'ai même essayé avec le portable du commissaire. Il marchait pas, je vous jure !

– Ce portable, coupa Logicielle, tu ne l'aurais pas emporté, par hasard ?

Le garçon grimaça et leva les yeux au ciel une fois de plus. Puis il tira l'objet en question de la poche droite de son parka.

Aussitôt, le suicide possible du commissaire effleura Logicielle.

– Le Manurhin ne serait pas dans l'autre poche ? suggéra-t-elle.

– Le quoi ?

– L'arme du commissaire.

– Il a pas de Sig ?

– Non, répliqua Max qui perdait patience. Le patron était conservateur, il a refusé le Sig Sauer pour garder l'arme préférée du GIGN et du RAID. Bon, où tu l'as fourrée ?

– L'arme ? J'ai pas pris d'arme, lieutenant ! J'ai tué personne ! Sur ma vie ! Le commissaire, c'est comme ça que je l'ai trouvé ! J'ai rien touché !

– Rien ? répéta Logicielle en brandissant le dossier sous son nez.

– Si, avoua-t-il en baissant la tête. Ça, c'était sur son bureau.

– Et le commissaire voulait t'en faire cadeau ? Ou tu t'es dit que ça te ferait un petit souvenir ?

Nouvelle grimace du garçon qui finit par admettre :

– Ouais. Je me suis dit… que puisqu'il était là, ça aurait été nul de pas l'emporter !

– Ce qui est nul, lança Max à voix basse, c'est que le juge en possède un double. Et qu'en le prenant, tu as signé ton crime.

– Quel crime ? C'est pas moi qui ai tué le commissaire, il était déjà mort, je vous dis ! Et si j'avais été à la police pour expliquer... ils m'auraient jamais cru !

– On peut jeter un coup d'œil chez toi ? coupa soudain Logicielle. Ou tu préfères qu'on revienne avec une commission rogatoire ?

– De toute façon, on va t'embarquer, déclara Max.

– Vous pouvez fouiller. Attendez, je vais vous donner ce que vous cherchez.

Il alla ouvrir le compartiment du congélateur et en sortit un paquet de poisson surgelé.

– Des barres de shit, expliqua-t-il. C'est tout ce que j'ai ici. Et c'est même pas à moi, vous le savez bien.

Logicielle savait. Régulièrement, on apportait à Billon de la drogue qu'il écoulait derrière la mairie. Il avait ses clients réguliers. Il touchait ainsi chaque mois deux ou trois SMIC, de l'argent qu'il flambait en une semaine.

Logicielle ouvrit l'unique placard du studio. Sous les parkas de marque et les blousons de cuir suspendus, elle trouva des piles de tee-shirts et de pull-overs.

Rien de violet. Aucune arme.

– Tu as d'autres vêtements ailleurs ?

– Non, pourquoi ?

– C'est toi qui poses les questions ? répliqua Max.

Il fouillait les tiroirs mais surtout l'arrière des meubles, le dessous des tapis... Grâce à deux précédentes perquisitions, les policiers connaissaient les recoins du studio par cœur.

– Qu'est-ce qui va m'arriver ? demanda Arthur d'une petite voix.

– Tu as le choix, expliqua Logicielle. Tu peux rejoindre la brigade et te présenter à Jean-François avant midi. Il te mettra au frais en attendant ta déposition. Tu peux aussi disparaître. Mais tu seras soupçonné d'un meurtre et tu risqueras d'en prendre pour vingt ans. Même avec un bon avocat. Parce qu'on te retrouvera.

Billon n'en croyait pas ses oreilles.

– Vous m'embarquez pas ?

– Non, Arthur. À toi de voir. Et comme il est midi moins vingt, ça te laisse un petit quart d'heure pour réfléchir. À ce soir !

Logicielle tourna les talons et fit signe à Max de la suivre.

– Tu es folle ? lui jeta-t-il dès qu'ils eurent rejoint la rue.

Elle lui désigna l'avenue de la porte de Saint-Ouen avec ses feux éteints et sa circulation coagulée.

– Emmener Billon jusqu'à la brigade ? Mais on n'a qu'une moto, Max. Et j'en ai besoin. Parce que tu vas me conduire à Bichat.

– Tu n'as pas peur que le môme mette les voiles ?

– Non. Il meurt de trouille. Je crains même que nos collègues le refoulent, ils sont tellement débordés.

– De toute façon, ce n'est pas lui, le meurtrier.

– Bien sûr que non. Allez, on file !

9

– Tout ce qu'il a raconté se tient ! cria Logicielle au conducteur. L'heure du rendez-vous, son retard... Et puis arrivé chez Delumeau, pourquoi enfoncerait-il la porte ?

– Pour surprendre le patron ?

– Impossible, il l'attendait. Et une fois Billon entré, je vois mal comment il aurait pu s'emparer du Manurhin et tuer le commissaire. Tout ça pour récupérer un dossier compromettant qui lui vaudra au pire six mois ferme ?

– On tue des gens pour moins que ça.

– S'il l'avait fait, Max, il aurait refermé la porte... ou il l'aurait laissée ouverte ! Il ne l'aurait pas forcée après être sorti. Et puis il n'y a aucun pull violet chez lui.

– Ce pull, il a pu s'en débarrasser !

– Pour quelle raison, puisque l'assassin a fui sans s'apercevoir qu'il laissait un indice ? Tu te fais l'avocat du diable, Max. Au fond, tu sais bien que Billon dit la vérité.

– Le meurtrier l'a donc précédé ?

– Oui. Il est arrivé entre 8 h 45 et 9 h 15. Puisque Duruel était dans son atelier, il a pu agir et s'échapper sans témoin.

– Si Arthur est innocent, ça nous laisse beaucoup de suspects.

Logicielle approuva en soupirant. Les malfrats susceptibles d'en vouloir à Delumeau étaient en effet nombreux.

– Voilà l'hôpital, annonça Max. On va dans quel service ?

– La morgue.

Max gara la moto et ils gagnèrent les sous-sols. Là, ils durent ôter leur combinaison de cuir et enfiler une blouse blanche.

En déambulant dans les couloirs éclairés, Logicielle consulta son portable. Toujours pas de réseau. Mais sur celui de Delumeau, elle vérifia les appels envoyés et reçus. Ce matin, un échec à 9 h 13, peut-être l'appel de Billon au commissariat ? La veille, rien.

Doc Ti Waq en personne leur ouvrit, tête basse, dépourvu de son entrain habituel.

– Ah... je viens justement de m'occuper de Delumeau.

D'ordinaire, il tutoyait la mort avec bonne humeur. Mais ce matin, son client était une vieille connaissance.

Il leur tendit une coupelle d'inox contenant un objet métallique.

– Une balle de 357 Parabellum ? suggéra Logicielle.

– Gagné. Sans doute tirée avec un Manurhin. Vous avez retrouvé celui du commissaire ?

– Non, Doc. L'assassin est parti avec. Vous avez examiné madame Delumeau ?

– Non, je m'apprêtais à faire son autopsie.

– Vous avez bien une petite idée ?

– Ça ressemble à une crise cardiaque. Mais à première vue, la mort de Delumeau avait l'air d'un suicide et, visiblement, ça n'est pas le cas. Alors concernant sa mère, je préfère ne rien affirmer. Ah, pendant que j'y pense…

Le légiste alla récupérer dans un coin de la salle un sac transparent stérile qui contenait une boule de papier froissé.

– … j'ai découvert ça dans le poing serré de la vieille dame. Il se peut que ce soit un indice.

– Merci, Doc. Et l'échantillon de laine ?

– Je l'ai confié à un collègue. Il devrait l'identifier sans que vous ayez recours au labo.

– Un collègue ?

– Guichard, un allergologue. Vous le trouverez au troisième étage du bâtiment A, en médecine 2.

Max et Logicielle enfilèrent une série de couloirs et d'escaliers pour pénétrer dans un local où dix laborantins étaient penchés sur des microscopes. Guichard, deux mètres dix, vingt-cinq ans et une barbe blonde de trois jours, les accueillit avec enthousiasme.

– Me voici promu auxiliaire de la police scientifique ? Ravi, lieutenant. Votre échantillon ? C'est du mohair. Plus précisément du poil de chèvre angora d'Asie Mineure. J'ai aussi trouvé des traces de laine de mouton.

– C'est normal, ça ? demanda Max.

– Oui. Les chandails en mohair vendus dans le commerce contiennent souvent de la laine ordinaire. Voilà votre échantillon. Que puis-je encore pour vous ?

– Pas grand-chose, je le crains, soupira Logicielle. Merci !

Quand ils quittèrent l'hôpital, il était une heure de l'après-midi. Une petite pluie fine tombait. Des centaines de véhicules s'entassaient sur l'avenue de Saint-Ouen, le périphérique et les boulevards des Maréchaux. La plupart des conducteurs avaient stoppé leur moteur. Plus personne ne klaxonnait. Les feux ne fonctionnaient toujours pas et la plupart des vitrines des magasins étaient éteintes.

– Heureusement qu'il reste les trottoirs, soupira Max. On rejoint la brigade ?

– Oui. Tu passeras par la banque de la rue de la République ?

À la porte de l'agence était affiché : « fermeture exceptionnelle ». Et on avait scotché « momentanément indisponible » sur le guichet extérieur de retrait.

Une fois de plus, une sourde inquiétude submergea Logicielle. Comme Max repartait, elle noua ses bras autour de sa taille pour mieux s'accrocher à lui.

À la brigade régnait une atmosphère d'émeute. Des dizaines de plaignants vociférants s'y entassaient en désordre. Normal, des pannes et des retards qui entraînaient désorganisation ou panique, c'était du pain bénit pour les pickpockets.

De loin, Jean-François cria par-dessus le brouhaha :

– C'est toi, Logicielle, qui nous as envoyé le petit Billon ?

– Oui ! Tu l'as mis au frais ?

– À sa propre demande. Mais pour sa déposition, il attendra !

– Qu'est-ce qui se passe ici ?

– Oh, presque rien. Le patron a été assassiné. L'électricité est coupée. Plus un ordinateur ne fonctionne, il faut prendre les dépositions au stylo, et il y a trois fois plus de plaignants que d'habitude... J'ajoute que le pot prévu pour midi est remis aux calendes grecques puisque Max et toi êtes revenus sans le champagne. À part ça, tout va bien !

Il la rejoignit comme elle regagnait son bureau et il grommela :

– Décidément, il était écrit que le patron n'aurait pas sa Légion d'honneur !

– Il l'aura, certifia tristement Logicielle. Mais à titre posthume.

– Je me demande qui a pu solliciter cette distinction pour lui.

– Moi aussi.

Elle mentait. Car elle soupçonnait Germain. Delumeau et lui se connaissaient bien.

– Sûrement pas quelqu'un de la brigade, affirma Jeff.

– La cérémonie était prévue pour quand ?

– Mardi à dix heures. Exactement dans une semaine. Le jour où tu deviendras capitaine, Logicielle.

C'était vrai, elle avait oublié sa future promotion.

– Bon, on ne va quand même pas tout annuler ? grogna Jeff. D'autant plus que tu montes en grade dès ce matin.

– Comment ça ?

– C'est toi qui assures l'intérim de Delumeau.

– Moi ?

– Parfaitement. Ordre de la préfecture.

10

– La préfecture ? s'étonna Logicielle. Parce que tu as pu la joindre ?

– Oui. Par téléphone.

– Il fonctionne à nouveau ?

– Seulement le standard. Va savoir pourquoi ! Et la ligne est occupée en continu. Le divisionnaire m'a assuré que le remplaçant du patron prendrait ses fonctions dès demain.

– Bon, soupira-t-elle, c'est la seule bonne nouvelle.

– Ce n'est pas notre avis. Les collègues jugent que tu es la mieux placée pour remplacer Delumeau. Une pétition circule déjà.

– Une pétition ?

Logicielle était flattée et stupéfaite. Certes, elle avait l'estime de ses camarades mais leur initiative était malvenue.

– Stop, Jeff ! Tu sais que des fonctionnaires de police ne peuvent pas contester des décisions de la préfecture. Vous êtes fous !

– Ce qui est fou, c'est de nous balancer un nouveau qui ignore les affaires en cours. Surtout en ce moment.

– Tu veux parler de la panne d'électricité et des embouteillages ?

– Ça, c'est l'arbre qui cache la forêt. Tu as écouté la radio ?

– Non. Max et moi n'avons même pas déjeuné.

– Eh bien allez-y. Il y a déjà assez de monde ici.

Logicielle ne se le fit pas répéter deux fois. Elle alla récupérer Max qui bouclait la déposition d'un plaignant et ils se replièrent au *Fleuve rouge*, le restaurant chinois où ils déjeunaient quand Delumeau n'y mangeait pas. À présent ils ne redouteraient plus de le croiser.

– Aujourd'hui, surgelés ! annonça Chen en leur désignant une table au bord de la baie vitrée, le reste de la salle baignant dans l'ombre. Mon groupe électrogène a beau faire le maximum, la prudence m'impose de vider le congélateur.

– Pourquoi ?

Un plateau en main, Chen se contenta de désigner l'écran plat géant suspendu au fond de la salle.

– … *situation semble identique dans tous les pays d'Europe*, assurait le présentateur, *mais aussi aux États-Unis, en Asie et en Australie.*

Les coupures de courant y sont généralisées. Le problème serait d'origine informatique. L'Agence nationale de la sécurité des systèmes d'information, l'ANSSI, affirme qu'une partie des satellites-relais n'est plus opérationnelle. Elle n'a pas encore été en mesure de rétablir les liaisons.

– Ouah, murmura Max, on est loin d'une petite panne de secteur !

– *Ces dysfonctionnements ont entraîné de nombreuses perturbations, notamment dans le trafic a…*

L'écran s'éteignit d'un coup. Ou plutôt il afficha obstinément un rectangle noir constellé de taches blanches. Un cri de déception résonna dans la salle.

– Le trafic aérien, compléta Logicielle à voix basse. C'est vrai…

– Qu'est-ce qui est vrai ?

– Ce matin, Germain devait récupérer son amie Andre à Roissy. Nous devions déjeuner avec eux ce midi. Et je n'ai pas pu le joindre, évidemment.

Déjà les clients avaient replongé le nez dans leur assiette et repris leurs conversations. Max déclara :

– Bon. L'assassin porte un chandail ou un pull violet.

– L'assassin ? Disons le meurtrier présumé. Un suspect. Ou plutôt un témoin capital sur lequel nous devons mettre la main.

– Un type qui porte un pull violet, on devrait vite l'identifier, non ?

– Sauf s'il a filé ! Tu veux tenter de le retrouver en zonant tout l'après-midi aux abords de la rue des Chantiers ?

– Non. Mais il y a une chance pour que ce suspect habite le quartier. Et qu'il ait acheté son pull dans un magasin de Saint-Denis.

– Ce vêtement a pu être acheté loin d'ici, Max. Et pas le mois dernier. Et si c'était un cadeau ? Ou un truc vendu dans une friperie ou un vide-greniers ?

– Je vais quand même me renseigner. Et voir sur Internet. Après tout, c'est notre seul indice.

– Non. Il se peut que nous en ayons un autre.

Tandis que Chen leur servait une soupe au bœuf brûlante, Logicielle tira de sa poche le sachet contenant la boulette de papier.

Elle la défroissa sur la nappe avec précaution…

11

– Ce que Doc Ti Waq a trouvé dans la main de madame Delumeau ! s'écria Max. Alors, de quoi s'agit-il ?

Logicielle parcourut le papier des yeux avant de répondre :

– D'une lettre. Datée d'hier 2 septembre.

– Ne me dis rien. Elle annonce une mauvaise nouvelle. Sous le choc, la mère du patron a fait une crise cardiaque, c'est ça ?

– Tu as tout faux. Ce courrier était destiné à son fils. Écoute plutôt :

Cher Edmond,

Tu n'as pas répondu à mon mail du 31 août ni à celui d'hier. Je t'y indique les précautions que tu dois prendre. Consulte ta messagerie ! C'est urgent. Et pour me rassurer, fais-moi signe.

Affectueuses pensées,

Manon.

– Manon ? répéta Max. C'est une femme qui a écrit à Delumeau ?

– Oui.

Songeuse, elle ajouta à voix basse :

– Et j'ai même sa photo.

– Tu veux rire ?

– Non. Regarde.

Elle fouilla la poche de son blouson, posa une photo sur la table.

– Tu te souviens du cadre brisé que Delumeau avait près de lui ? C'est ce qu'il contenait.

– Le play-boy souriant, à gauche, c'est le patron ? Tu es sûre ?

– Certaine. Et la jeune femme à ses côtés est celle qui lui a écrit.

– Alors pourquoi est-ce madame Delumeau qui avait ce courrier en main ?

– En main ? Dis plutôt serré dans son poing !

Tous deux laissèrent planer un long silence. Max grommela :

– Tu établis quel lien entre cette lettre et ces… ces deux morts suspectes ?

– Pour l'instant, aucun.

– Quand est-elle arrivée ?

– Forcément ce matin. Cette Manon, qui l'a postée hier, y évoque les mails qu'elle a envoyés les jours précédents.

– Tu as trouvé l'enveloppe ?

– Non. Elle peut encore être dans le lit. Ou à la poubelle.

– Et si ce courrier n'avait aucun rapport avec les faits ?

– Madame Delumeau gardait cette lettre sur elle, Max. Comme si elle avait craint qu'on la découvre ou qu'on la lui prenne.

– Ce papier froissé serait à l'origine d'un double assassinat ? Tu vas vite en besogne !

– Toi aussi. Mais qui sait ? Seule cette Manon pourrait nous éclairer. Dans ses mails, elle doit livrer des explications.

– Les mails… qu'elle a envoyés à Delumeau qui ne les a pas lus ?

– Oui. C'est d'ailleurs bizarre.

– Quoi ?

– Nous avons trouvé le commissaire près de son ordinateur, Max. Le matin, quand tu te lèves et que tu t'installes devant ta bécane, que fais-tu en priorité ?

– Je me connecte sur ma messagerie. Euh… de façon un peu moins compulsive depuis que nous sommes mariés, c'est vrai.

– Eh bien au moment où notre homme a surgi, Delumeau consultait son courrier, Max. Avant neuf heures puisque le courant a été coupé à ce moment-là.

– Tu crois que… le meurtrier ne voulait pas que le patron découvre ses messages ?

Logicielle ne répondit pas. Les yeux dans le vague, elle déclara :

– Résumons. Ce matin, vers huit heures vingt, Mme Delumeau va jusqu'à la boîte aux lettres en fauteuil roulant.

– Tu es sûre de ça ?

– Quand nous sommes arrivés, j'ai aperçu des traces de roues sur le gravier. Et Duruel m'a affirmé qu'elle allait chercher le courrier chaque matin. Delumeau, lui, est devant l'ordinateur dans sa chambre. En pyjama. À huit heures et demie.

– D'ordinaire, il est déjà à la brigade. Mais il avait rendez-vous avec Billon, c'est vrai…

– Tu imagines le patron recevoir Arthur en pyjama ?

– À en croire ce que t'a dit Duruel, c'était pourtant le cas.

– Quand Jean-François l'appelle un quart d'heure plus tard, c'est occupé. À neuf heures moins dix, c'est libre mais Delumeau ne répond pas.

– C'est peut-être le moment où son futur assassin se présente à la villa ? Il fracture la porte et se précipite à l'intérieur.

Logicielle grimaça avant d'objecter :

– Et le patron n'entend rien ? Il ne se lève pas ?

– Non. Parce que la porte de sa chambre est fermée. Mais quand l'inconnu l'ouvre et surgit dans la pièce, Delumeau se lève… trop tard, l'autre lui tire une balle à bout portant !

– Après s'être emparé du Manurhin qui se trouvait dans le holster derrière la porte ? Le meurtrier serait donc entré par effraction sans revolver ? Bizarre, non ?

– Peut-être avait-il lui-même un Manurhin ? Et après avoir tiré sur Delumeau, il lui fauche son arme.

– Muni d'un revolver dans chaque main, que fait-il ?

– Il va dans la chambre de madame Delumeau qui est devenue un témoin gênant et euh…

– … il l'étouffe avec des oreillers ? Il l'étrangle ? Il l'oblige à ingurgiter des médicaments ? Ou il l'effraie à tel point qu'elle meurt d'une crise cardiaque ? Avoue que ça ne tient pas la route, Max ! Bon, admettons. Il est neuf heures. Que fait l'assassin ?

– Il s'enfuit.

– Après avoir appelé Doc Ti Waq ? Eh oui, qui a téléphoné à Bichat ? Qui connaissait le numéro direct de la morgue ?

Perplexe, Max réfléchit et admit :

– Sûrement pas Billon, il arrive dix minutes après.

Chen venait de leur apporter les beignets d'ananas. Logicielle s'aperçut qu'elle avait mangé son porc au gingembre sans même y prendre garde… quel gâchis !

Elle murmura enfin :

– À mon avis, Max, la clé du mystère se trouve dans les mails que cette Manon a envoyés au patron.

12

Il était 14 h 30 quand ils regagnèrent la brigade. L'ambiance y était toujours aussi électrique. Le standard était occupé en permanence.

Logicielle n'eut pas à répartir les rôles, ses collègues s'organisaient très bien.

– Max ? Il faut que je parvienne à me connecter sur la messagerie de Delumeau. Trouve-moi un iPad ou un BlackBerry, un de nos collègues doit bien avoir ça.

– Les relais sont HS, tu ne pourras pas te connecter.

– Ça ne coûte rien d'essayer.

Logicielle se souvint des précautions que son frère lui avait suggéré de prendre. Avoir toujours en réserve un ordinateur portable et des batteries chargées. Pour qu'ils communiquent. Ce qui signifiait que ces événements avaient un rapport avec lui. Et qu'un portable permettait d'accéder à un réseau. Lequel ? À quel moment ? Et selon quelle procédure ?

Ce matériel, elle le possédait, mais dans son studio. Pas question de déserter la brigade, elle essaierait de se connecter ce soir.

Max jaillit et lui lança :

– Chef ? Je sollicite votre autorisation pour enquêter du côté des magasins de vêtements de Saint-Ouen.

– Tu me dis vous, à présent ?

– Oui chef. Parce que cette mission n'est pas très légale. C'est la Crim qui va enquêter. Je ne m'adresse donc pas à ma femme mais à la nouvelle commissaire par intérim.

Logicielle faillit hausser les épaules. Pourtant au fond, la précaution de Max était justifiée.

– Accordé.

– J'en profiterais bien pour récupérer la Twingo sur le parking et, euh... pour rapporter le contenu du coffre.

– Accordé.

– Je sollicite aussi le droit d'embrasser le chef.

Cette fois, Max n'attendit aucune autorisation.

À peine était-il sorti que Jeff entra, un carton sous le bras.

– Qu'est-ce que tu m'apportes ?

– Un onduleur que j'ai acheté avant midi. Celui que Delumeau nous a toujours refusé.

Puisque tu es la nouvelle responsable provisoire, je te laisse l'honneur de l'inaugurer ainsi que... la facture. J'ai bien fait, madame le commissaire ?

– Génial. Tu as devancé mes désirs !

Logicielle mit le modem en marche et son ordinateur de bureau démarra.

Tandis qu'elle espérait dénicher un moteur de recherche opérationnel, la sonnerie de son portable retentit, ainsi que des cris dans les bureaux voisins :

– Le réseau est rétabli !

– Ouais. Mais pas l'électricité !

– Quel réseau ? Mon portable n'en détecte aucun.

À la hâte, Logicielle écouta son répondeur. Trois tentatives de contact avortées, toutes émanant de ses collègues.

Elle revint très vite vers l'écran de l'ordinateur du bureau.

Sa propre messagerie affichait une vingtaine de mails. A priori, rien d'important, elle y reviendrait plus tard.

Elle accéda à webmail Free, réfléchit et se rappela le pseudo que Delumeau avait noté sur son calepin : delumass.

Bien entendu, elle se heurta au mot de passe.

Elle s'apprêtait à cliquer sur Mot de passe oublié quand elle se souvint du nom inscrit à la suite : Massenet.

L'opéra le plus célèbre de ce compositeur français était *Manon*. Manon était aussi le prénom de celle qui, à vingt ans, figurait sur la photo à côté du futur commissaire. Celle qui, hier, lui avait posté une lettre étrange et laconique.

– Massenet. Bon pourquoi pas ?

Elle doutait que le patron eût commis l'imprudence de…

Eh bien si.

La messagerie d'Edmond Delumeau s'afficha plein écran.

13

– *Aucun nouveau message,* lut-elle à voix haute.

Elle était furieuse et déçue. Ce matin, après avoir ouvert sa BAL, Delumeau avait forcément lu ses messages. Sinon, les mails de Manon auraient dû s'afficher sur webmail.

La corbeille était vide. Le fichier Brouillons également. Celui des Indésirables contenait des spams datant du matin même, pubs, assurances, jeux et promotions…

Restait une seule option.

– Il faut que je me connecte sur l'ordinateur de son domicile.

Là, elle aurait accès aux mails que le propriétaire avait reçus, lus, supprimés ; elle pourrait lire ses réponses et saurait restaurer les messages qu'il avait éliminés.

Hélas, pas question de bouger du commissariat qui accueillait sans cesse de nouveaux plaignants.

À 19 heures, ses collègues commencèrent à quitter les lieux un à un. Max arriva enfin, épuisé, la mine sombre.

– Aucun vêtement en mohair à Saint-Ouen. Ce genre d'articles, on le trouve plutôt du côté des Champs-Élysées.

– Tu ne veux pas jeter un coup d'œil sur Internet ?

– Un onduleur ! Alors tu t'es connectée ?

– Oui. Sans résultat. Et j'économise la machine. Si l'électricité ne revient pas, la batterie s'épuisera vite.

À cet instant, les lumières du commissariat se rallumèrent. Un cri de soulagement général salua l'événement.

– Les affaires reprennent, dit Max en se penchant vers l'écran.

– Oui. Mais une partie du réseau semble inopérante.

Dix minutes plus tard, face au nombre d'entreprises de vente de vêtements en ligne, ils abandonnèrent leurs recherches.

À 21 heures, Jean-François proposa à Logicielle d'assurer la nuit.

– Tu es de garde ? demanda-t-elle.

– Non. En principe, c'était Delumeau, Max et toi.

– Eh bien nous ferons sans lui. Et sans toi. Va rejoindre ta femme et tes enfants, on se relaiera.

Avec la nuit qui tombait, les plaignants devinrent plus rares. Max libéra Billon pour prendre sa déposition.

À 23 heures pile, le courant fut coupé. Le commissariat plongea dans une douce pénombre grâce aux veilleuses de secours qui, pour une raison inconnue, continuaient de fonctionner.

Logicielle obligea Max à aller dormir dans la salle de repos. Il la remplacerait vers trois heures du matin.

Un fois seule à l'accueil, elle s'écria soudain :

– Au fait… et ma messagerie ? Je ne l'ai même pas consultée.

Elle alla chercher l'onduleur et se connecta.

Parmi ses nombreux mails non lus, l'un d'eux l'intrigua aussitôt.

Il émanait d'Albakham.

Albakham… l'un des pseudos d'Antoine, son frère hacker. Antoine alias Alban ou encore Tony.

Il avait été envoyé peu après midi.

Le cœur battant, elle l'ouvrit…

14

Salut, tite sœur !

Tu vas bien ? Moi aussi. Très bien même, puisque les événements prévus commencent à se produire. Tu as suivi mes recommandations ?

Connecte-toi à midi et minuit.

Ou bien suis les infos.

Je t'indiquerai bientôt comment me joindre.

Amitiés à Max.

Plein de bizzz de Milena et A.

Elle crut sentir le sol se dérober sous elle.

– C'est... c'est lui ! Je n'y crois pas !

– Lui ? répondit Max qui l'avait rejointe et se penchait vers l'écran. Ah, ton frère ? Bon, ce n'est pas si exceptionnel.

– Tu ne comprends pas, Max ?

Elle désigna son bureau puis l'extérieur.

– Ces pannes et coupures des liaisons satellites qui affectent le monde entier ! C'est Antoine qui est à l'origine de tout ça !

– Tttttt... Ttttt... Impossible. Il est avec sa copine et il a l'air très cool.

Milena était une jeune Roumaine qu'Antoine avait connue au cours d'une croisière mouvementée[1]. Depuis, ils ne se quittaient plus.

– Si, Max. C'est lui !

Confusément, elle essayait de nouer des fils épars. Elle était persuadée qu'il existait des liens entre tous ces événements récents, mais lesquels ?

– Tu ne lui réponds pas ?

– À quoi bon, Max ? Mon mail va me revenir avec la mention « adresse non valide » !

Insaisissable, son frère hacker utilisait des adresses différentes à chaque envoi.

– Logicielle ? Par pitié, calme-toi !

Difficile. Son émoi frisait la panique. Max l'entraîna dans la salle de repos et la fit s'allonger sur le canapé. Il lui désigna une radio.

– Ton frère te demande de suivre les infos ? Tu vas lui obéir et te reposer. À quatre heures je te réveillerai et tu prendras le relais.

Vaincue, elle obéit et mit le son. Elle eut mille difficultés à repérer trois stations. Aucune d'elles ne diffusait d'informations. Elle se résigna à écouter de la musique.

Des hypothèses plus absurdes les unes que les autres se bousculaient dans son esprit.

Vingt minutes plus tard, elle s'endormait.

1. Lire *Hacker à bord*.

– Alors c'est vous, la célèbre Logicielle ?

Elle voulut se lever mais eut du mal à émerger du sommeil.

– Navrée de vous réveiller ! Cette nuit, vous assuriez la garde ?

Le ton était ironique et glacial.

Logicielle se redressa et ouvrit les yeux.

Elle aperçut d'abord, au-dessus de la porte, l'horloge qui affichait 7 h 50. Puis Max et trois collègues qui n'en menaient pas large. Enfin, une grande femme au visage goguenard qui la dominait. Vêtue d'un tailleur élégant, plantée sur des jambes d'un galbe parfait, elle toisait, bras croisés, son interlocutrice assise sur le canapé.

La cinquantaine éblouissante, cette belle inconnue aurait pu faire la une d'un magazine de mode, sauf qu'il émanait d'elle une rigidité militaire qui neutralisait toute féminité.

– J'ai... je suis désolée, articula Logicielle d'une bouche pâteuse. Je crois que...

Elle faillit mettre en cause Max, qui avait préféré la laisser dormir et se mordit les lèvres pour achever :

– Oui. Je m'appelle Laure-Gi...

– Je sais. Moi, c'est Duchais. Delphine Duchais. Je suis votre nouvelle commissaire.

15

Sans cesser de fixer Logicielle qui était parvenue à se lever, la commissaire adressa un geste aux policiers massés derrière elle.

– Vous pouvez nous laisser. Non, Max, restez là. C'est bien vous, Max ?

– En effet, fit-il en avançant jusqu'au canapé.

– Alors vous êtes mariés, tous les deux ? Une supérieure et son adjoint…

Cette constatation anodine et inattendue suggérait mille sous-entendus et reproches. Comme s'ils avaient commis une faute. Pire, un délit !

Logicielle allait se justifier quand Delphine Duchais reprit :

– Et vous êtes très populaire ici, Logicielle ? Au point d'avoir envisagé de prendre la tête de la brigade ?

– Pas du tout.

– C'est la préfecture qui… tenta de justifier Max.

– J'aimerais que les choses soient claires. J'assure désormais les fonctions d'Edmond Delumeau. L'enquête relative à son assassinat a été confiée à la Crim. Pas question que notre brigade s'en mêle. Ah, encore une question, lieutenant. Comment se fait-il que vous soyez toujours en poste à Saint-Denis puisque vos compétences vous permettent d'intégrer la Police Scientifique ?

– J'en fais partie ! Mais je…

– J'ai jeté un coup d'œil sur vos deux dossiers, poursuivit la commissaire. Vous deviez prendre vos congés en août ?

– Oui, admit Max. Justement pour nous marier et…

– Mais vous avez été réquisitionnés par le SPHP. Vous n'avez donc pas eu de vacances. J'ai vu aussi que vous aviez de nombreux jours de RTT à récupérer. Je pense que vous devriez les poser dès aujourd'hui.

– C'est que, s'interposa poliment Jeff, depuis hier matin, nous sommes littéralement débordés et…

D'un geste, sans même se tourner vers lui, elle intima au perturbateur imprudent l'ordre de se taire et assura :

– Vous avez un besoin urgent de vous reposer. D'ailleurs, vous aviez déjà commencé ?

Duchais désigna à Logicielle le canapé, puis au couple la porte, invitation à vider les lieux.

Elle souriait, mais plutôt à la façon d'un chien qui s'apprête à mordre.

Logicielle ne se fit pas répéter ces instructions déguisées. Elle alla chercher les formulaires de demandes de congé, en tendit un à Max, remplit le sien et fila dans le bureau de Jeff lui rendre sa radio. Son collègue affichait un visage consterné.

– Alors tu y as eu droit ? Elle est arrivée à sept heures et demie ! On a failli tous se mettre au garde-à-vous ! Et on se plaignait de Delumeau ! Moi je te le dis, on va le regretter. Eh... c'est très gentil de me faire la bise, mais que...

– On s'en va, expliqua Max qui avait rejoint Logicielle. On est mis d'office au vert pour trois semaines. Bon courage à vous.

– C'est la duchesse qui vous a jetés ? Déjà ? Oh, la vache !

Duchais, la duchesse... la nouvelle avait son surnom.

– La vérité, reprit Jeff, c'est qu'elle crève de jalousie. Elle a dû entendre parler de la pétition. Et comme disait ma grand-mère, jamais deux femmes dans la même cuisine ! Alors elle préfère t'éloigner, le temps de s'imposer.

Max et Logicielle renoncèrent à saluer leurs autres collègues et sortirent.

Quand ils se retrouvèrent dans la rue, face aux mêmes embouteillages que la veille, Max, les dents serrées, murmura :

– Moi, je poursuis l'enquête. Même si ma supérieure directe me l'interdit. J'en prends la responsabilité.

– Moi aussi, Max. On continue. Et je te couvre. En espérant que la Crim n'a pas déjà investi et bouclé la villa du patron.

– Et si c'est le cas ?

– Alors on se mettra au vert. Pour de bon.

Elle désigna les véhicules qui attendaient devant une station-service malgré le panneau qui affichait :

POMPES EN PANNE.

En montant à l'arrière de la moto, elle ajouta :

– Parce que dans trois jours, à Paris, ce ne sera plus l'émeute, Max. Mais l'apocalypse.

16

Tandis que Max slalomait entre les véhicules pour rejoindre la rue des Chantiers, Logicielle songeait au mot qu'elle avait lancé d'instinct : l'apocalypse. Récemment, l'humanité avait tremblé à deux reprises. Au seuil de l'an 2000 et le 21 décembre 2012, jour maya de la fin du monde. Mais que le monde pût s'écrouler suite à un bug informatique programmé relevait de la science-fiction. Pourtant, ce scénario était peut-être en marche.

Quand Max s'arrêta devant le n° 12, il désigna, garée à côté de la fourgonnette Duruel, une DeZir hybride aux vitres teintées.

– La Crim est déjà là. Je suppose que tu vas négocier l'examen du disque dur ? Rester ici une heure ou deux ?

– Je vais surtout improviser, pourquoi ?

– Parce que moi, j'aimerais savoir si Delumeau a donné ou reçu des appels avant son assassinat. Donc filer au central des Télécoms.

– Entendu, Max ! On se retrouve ici vers midi ?

Logicielle alla saluer le menuisier qui discutait sur le trottoir avec la factrice. Elle demanda à la préposée l'heure à laquelle elle avait déposé le courrier la veille.

– À huit heures un quart, huit heures vingt, comme d'habitude. Pourquoi ?

– Madame est lieutenant de police, expliqua l'artisan.

– À ce propos, monsieur Duruel, vous n'avez pas été faire un saut hier matin chez votre voisin ? Vous en êtes certain ?

Interloqué, l'homme faillit se fâcher.

– Vous plaisantez ? Bien sûr que non, je m'en souviendrais !

Logicielle approuva et fila chez Delumeau.

On avait détaché le ruban qu'elle avait posé la veille, l'accès au jardin était libre.

Pas de chat noir. Et plus aucune trace de roues sur le gravier. Hier à la même heure, songea-t-elle, quand Mme Delumeau était venue chercher son courrier, elle n'avait plus que quelques instants à vivre…

Logicielle fouilla la boîte aux lettres qui contenait une enveloppe. Le cachet datait de la veille. Un simple relevé bancaire qu'elle remit en place.

Elle enfila une paire de gants stériles et poussa la porte d'entrée fracassée. S'immobilisant, elle hurla :

– Il y a quelqu'un ?

– Oui, répondit une voix lointaine. Attention, n'entrez pas !

– Je suis Logicielle, lieutenant de police à Saint-Denis.

– Vous tombez bien. Venez !

En passant près de la cuisine, elle aperçut les provisions entassées. Sur le seuil de la chambre de Delumeau se tenait un inconnu de son âge. Il portait un brassard rouge et tenait un tournevis cruciforme.

– Logicielle ? Vraiment ?

Il lui adressa un sourire béat et lui tendit une main elle aussi gantée.

– Jules, lieutenant à la Crim. Ravi de te connaître. C'est toi qui as découvert les deux victimes ?

– Oui. Mon adjoint Max et moi. Tu es seul ?

– Mes collègues me rejoindront plus tard. Ils sont débordés. Depuis hier, c'est la panique.

– Il n'y a pas que chez vous. Tu as un souci ?

– Oui. L'ordinateur de ton patron me résiste. Tu me donnes un coup de main ?

– Aucun problème, répondit Logicielle qui n'en espérait pas tant.

17

– Qu'est-ce que tu voulais faire ? demanda Logicielle.

– Enlever le disque dur et l'emporter pour une autopsie.

– Ah, tu as apporté un onduleur. Il est chargé ?

– Oui, mais...

– Ton objectif, c'est quoi ?

– Consulter les derniers fichiers ouverts et faire des sauvegardes. J'ai bien essayé d'entrer dans la bécane mais il y a un code d'accès.

– Tu permets ?

Elle alluma l'ordinateur. De fait, l'écran afficha : Code ? Ce serait trop facile, songea-t-elle tout en tapant « Massenet ».

Instantanément, le bureau s'ouvrit. Jules écarquilla les yeux et émit un sifflement admiratif.

– On m'avait dit que tu étais très douée. Mais alors là...

– La dernière opération effectuée était une connexion sur la messagerie. On y va ?

Trop content, Jules acquiesça.

La liste des mails non lus s'afficha en gras. Une douzaine. Uniquement des spams. Quant au dernier mail reçu (et lu puisqu'il n'était plus en gras) il datait de la veille, 3 septembre à 7 h 49. Il émanait de manon87@free.fr.

– On ouvre ? demanda Logicielle qui maîtrisait mal son émotion.

Edmond, rassure-moi. As-tu reçu mes deux mails précédents ? Je ne peux pas t'appeler. Ne le fais pas non plus, trop imprudent.

Trois lignes non signées. Que Delumeau avait lues peu de temps avant de recevoir une balle dans la tête.

– Qu'est-ce que ça veut dire ? bougonna Jules.

– Bizarre, admit-elle. Voyons s'il a répondu.

Elle vérifia en cliquant sur Éléments envoyés.

Non. Le dernier mail écrit par Delumeau datait du 31 août. Une réponse banale à un juge d'application des peines. Pourquoi le commissaire n'avait-il pas répondu à Manon ?

Elle faillit répondre à mi-voix : faute de temps, parce que l'assassin est arrivé avant.

Elle cliqua sur Éléments supprimés, Spams, le dossier Brouillons. Et enfin sur l'icône Sauvegardes. Il ne contenait que des mails administratifs. Elle revint au Bureau.

– Qu'est-ce que tu vas faire ? demanda Jules.

– Fouiller la corbeille. Ouh... la cata !

– Elle est vide ?

– Au contraire, regarde. À mon avis, elle n'a jamais été vidée.

Le cœur de Logicielle battit plus fort. Il y avait en fin de liste deux mails. Qui émanaient de manon87 !

– Au fait, s'écria-t-elle soudain, je suis surtout venue rapporter ça.

Elle tira de sa poche le sac transparent qui contenait l'échantillon de mohair.

– C'était accroché à un éclat de bois de la porte d'entrée.

– C'est un indice fragile et peut-être important, approuva Jules. Où était-il, exactement ?

– Viens. Je vais te montrer.

Elle l'emmena sur le perron pour lui désigner l'endroit précis.

– Bon, je vais prendre une photo.

– Tu devrais aussi vérifier la boîte aux lettres.

– OK. Et… dis-moi, tu as vu ce bazar dans la cuisine ? Qu'est-ce que c'est ?

– Ce qu'un livreur a apporté hier. Vers dix heures moins le quart.

Pendant que Jules s'affairait à l'extérieur, Logicielle rejoignit l'ordinateur. Elle cliqua sur Restaurer.

Le premier des messages supprimés s'afficha plein écran…

18

Ce premier mail datait du 31 août, 17h42.

Cher Edmond,

Tu seras sans doute étonné que je reprenne contact avec toi après tant d'années de silence. Un silence que je ne comprends pas car je t'ai souvent écrit et tu ne m'as jamais répondu. Je sais que tu m'en veux. Ne revenons pas là-dessus, l'objet de ce mail est très, très important.

Ce soir ou demain, fais des provisions pour le mois. Ne me demande pas pourquoi, je ne te le dirai pas. Obéis. S'il te plaît.

Réponds-moi simplement que tu l'as fait.

Je t'embrasse.

Le second avait été envoyé le 2 septembre à 9h02.

Edmond,

As-tu reçu mon mail et suivi mon conseil ? Si ce n'est pas le cas, ***FAIS-LE. Dès maintenant.*** *Et réponds-moi !*

La fameuse Manon avait sûrement demandé un accusé de réception automatique. Il n'était ni dans les mails reçus ni dans la corbeille. Preuve que Delumeau avait refusé de signaler qu'il avait bien réceptionné ce message.

Étrange.

– Incroyable, toutes ces provisions ! s'écria Jules qui était revenu. Et pourquoi se sont-ils fait livrer tout ça ?

– Mystère ! Eh bien, ajouta-t-elle en remettant les fichiers dans la corbeille, je vais te laisser faire ton boulot. Salut.

– Merci pour le dépannage !

Logicielle se rappela tout à coup que ses collègues de la Crim ignoraient l'existence de la lettre froissée qu'elle avait en poche. Elle la rendrait à Doc Ti Waq. Qui la restituerait à qui de droit. Elle se retourna brusquement alors qu'elle franchissait le seuil et murmura :

– Au fait, c'est vrai, où est l'enveloppe ?

Elle partit à sa recherche dans la chambre de Mme Delumeau. Sans résultat.

– Et dans la poubelle ?

Sous l'évier de la cuisine, ce n'est pas une mais trois poubelles qu'elle trouva. Aucune ne contenait d'enveloppe.

Elle réfléchit, revint à la boîte aux lettres et aperçut des morceaux de papier détrempés, éparpillés au pied des rosiers. Elle les ramassa. C'était bien une enveloppe déchirée !

Elle s'accroupit sur le perron et reconstitua le puzzle malgré deux morceaux manquants. Le nom du destinataire, M. Edmond Delumeau, avait été rédigé d'une belle écriture. Au dos de l'enveloppe, aucune adresse. Mais elle déchiffra sans mal le cachet de la poste : 2 septembre 87290 Saint-Amand-Magnazeix.

Après un instant d'hésitation, elle pénétra dans la villa en criant :

– Jules ? C'est encore moi !

19

– Tu as oublié quelque chose ? demanda le jeune policier qui s'affairait face à l'ordinateur.

– Non. Dis-moi, je peux jeter un coup d'œil dans la commode de la chambre ? Je remettrai tout en place.

– Bien sûr, vas-y.

Le nez sur l'écran, Jules ne s'était même pas tourné vers elle.

Sur ce meuble qui faisait office de table de nuit, se trouvait le cadre brisé dont elle avait extrait la photo la veille. Une photo qu'elle voulut remettre en place. En la prenant dans sa poche, ses doigts frôlèrent un autre objet, qu'elle sortit et posa près du cadre.

– Le portable du patron ! Je dois aussi le restituer, dit-elle à voix basse.

Elle ouvrit le premier tiroir, prit les enveloppes et les lettres éparses. Cette fois, l'expéditrice avait spécifié au dos :

M. Massenet Feux 87 290 Saint-Amand-M.

Le nom de famille de Manon était réellement Massenet !

Ces courriers dataient de six ans.

Je te remercie pour tes vœux, Edmond.

Oui, je vais bien, rassure-toi. Nicolas aussi. Sa nouvelle amie a l'air charmante. Non, je n'irai pas les rejoindre en Australie. Je ne viendrai pas non plus à Paris, n'insiste pas. Tu sais combien je tiens à ma vie ici, en pleine nature…

Elle parcourut une autre lettre envoyée un mois plus tard.

Cher Edmond,

Se voir est une mauvaise idée, crois-moi. On ne peut revenir en arrière… Et cesse de m'écrire. Je te donnerai des nouvelles de temps à autre, par lettre, oui. Je sais que tu n'aimes guère les mails.

Je t'embrasse.

Logicielle détacha les rubans et examina les enveloppes. Classées chronologiquement, elles s'étalaient sur vingt-cinq ans.

Elle avait l'impression de violer l'intimité de son ancien patron mais elle voulait comprendre…

– Autant commencer par le commencement, murmura-t-elle.

La première lettre était un courrier banal et convenu. La jeune Manon répondait à l'étudiant Edmond Delumeau venu en vacances dans la Creuse.

Deux mois plus tard, ils passaient aux confidences et s'écrivaient régulièrement. Les dernières lettres de l'année la firent rougir. Un courrier dense rempli de déclarations brûlantes !

D'une des lettres, elle tira une photo identique à celle du cadre, mais en petit format. Au dos avaient été inscrites la même date et la mention : Saint-Ouen. Logicielle leva les yeux et reconnut dans le jardin la tonnelle sous laquelle avait été photographié le jeune couple. Le cliché avait été pris ici ! Aujourd'hui, une glycine tentaculaire remplaçait les roses et avait envahi le jardin.

Ne pouvant lire l'intégralité de la correspondance, Logicielle puisa au hasard dans les lettres de l'année suivante.

Le ton et les sujets avaient changé. Le mariage des jeunes gens était programmé quand Mme Delumeau avait eu un accident de voiture. Le fils avait pris sa mère en charge et il envisageait que Manon et lui emménagent dans le pavillon. Un projet que la jeune fille refusait obstinément.

Habiter avec ta mère est hors de question. Notre couple ne tiendrait pas un an. Mais je serais ravie que tu viennes vivre ici avec moi !

Chacun campait sur ses positions. La correspondance s'espaçait, devenait aigre-douce. Plus question de mariage.

Dans le dernier paquet, suspicion, regrets et sous-entendus laissaient place à une lassitude, une amertume réciproques.

– Cette fois, je suis à court de jus, lança Jules dans son dos.

Logicielle se retourna et demanda :

– C'est-à-dire ?

– La batterie de l'onduleur est HS. Celle de mon portable aussi.

– Je... je vais m'en aller, Jules. J'ai bientôt fini.

– Prends ton temps, je dois ranger mon matériel dans la voiture.

Elle découvrit un faire-part. Trois ans après leur première rencontre, Manon épousait à Limoges un certain Jean-Marc.

Désormais, elle n'écrivait plus qu'une fois par an, en janvier, pour répondre aux vœux de son ex-fiancé. Un petit Nicolas était né.

Cinq ans plus tard, Manon avait envoyé une lettre dans laquelle elle annonçait son divorce. Le commissaire avait encore tenté sa chance puisque l'une des dernières lettres précisait :

Non Edmond, ne viens pas. Me remarier ? Je n'y pense pas. Ma solitude et ma liberté retrouvées me conviennent parfaitement.

Logicielle en savait assez. Cette lecture intense l'avait troublée.

Elle remit les lettres en place et renoua les rubans. Ses yeux tombèrent sur le réveil de la commode.

– Midi moins cinq, déjà ? Et Max n'est pas encore là.

Au fait, midi était l'heure à laquelle Antoine lui avait recommandé de se connecter... Facile, sans électricité !

Elle sortit son portable mais il s'était éteint. Sa batterie était épuisée. Comment aurait-elle pu la recharger ?

Soudain, la lampe posée sur la commode s'alluma, en même temps que le lustre de la salle voisine.

– Victoire ! s'écria Jules qui revenait. Je me remets au boulot !

Se rappelant qu'Antoine lui avait suggéré de suivre les infos, elle se précipita vers la vieille télé du séjour, appuya sur le bouton et partit à la recherche de la télécommande.

Elle n'eut pas besoin de la trouver.

L'écran s'était allumé et affichait en gros plan le visage d'une jeune femme qui la fixait en souriant. Un visage très familier...

Elle se demandait à qui cette inconnue ressemblait quand Jules, derrière elle, répondit d'une certaine façon à sa question :

– Eh... mais qui est-ce, Logicielle ? Tu as une sœur jumelle ?

20

– *Bonjour !* déclara l'inconnue d'une voix veloutée. *Comme vous l'avez constaté, un grand nombre de pannes et de bugs perturbent les pays industrialisés. Cette situation va s'améliorer, même si certaines activités devront changer d'objectif. Et ce, à titre définitif.*

La présentatrice laissa peser deux secondes de silence pour que les téléspectateurs s'imprègnent de chaque mot.

– *Le maximum est fait pour que les services d'urgence soient assurés, notamment ceux qui touchent la sécurité et la santé. Le ravitaillement sera garanti pour les plus fragiles et les plus démunis. En attendant, ne cédez pas à la panique. Communiquez avec vos voisins et vos proches…*

– Qu'est-ce que c'est que ce truc ? marmonna le policier de la Crim.

– *… et appliquez les principes de solidarité. De plus amples informations vous seront livrées dans douze heures. À bientôt !*

L'image s'effaça pour laisser place à un écran obscur constellé d'étoiles.

Une vision qui fit passer un frisson dans le dos de Logicielle. Son sosie s'était évanoui. Et elle faillit bien s'évanouir, elle aussi, au sens propre.

Après la stupéfaction, la colère s'empara d'elle. En donnant son visage à une présentatrice qui expliquait les événements récents, son frère la pointait du doigt, la transformait en cible. Comme si elle avait dû cautionner les probables cataclysmes à venir!

Jules, qui avait trouvé la télécommande, voulut changer de chaîne.

En vain.

Aucune n'affichait la moindre image.

– Qui est cette fille? répéta-t-il à Logicielle en désignant l'écran. Tu la connais? C'est une sœur à toi?

– Non. C'est la première fois que je la vois.

Dix secondes plus tard, le courant était à nouveau coupé.

– C'est pas vrai! s'écria Jules. Plus d'eau, plus d'électricité…

– Parce qu'il n'y a pas d'eau non plus? demanda-t-elle.

Au fond, c'était logique. La distribution des sources d'énergie était dépendante de l'informatique et des réseaux. De plus, les batteries et les groupes électrogènes avaient leurs limites.

Privés de lumière et d'ordinateurs, les bureaux allaient se vider. Privées de pompes, les stations ne délivreraient plus de carburant.

Mais comment pouvait-on à la fois bloquer ces systèmes informatiques et assurer le fonctionnement d'une petite partie d'entre eux ?

Seul Antoine aurait pu répondre à cette question.

– Antoine et d'autres hackers, rectifia-t-elle à mi-voix. Beaucoup d'autres ! Un seul individu ne peut pas immobiliser l'activité de plusieurs milliards d'humains.

Très vite, elle rectifia ce chiffre à la baisse. Son mystérieux sosie avait évoqué les pays industrialisés. Très juste : un quart de la population mondiale n'avait accès ni à l'eau ni à l'électricité !

La tête en feu, elle sortit et stationna sur le perron pour guetter l'extrémité de la rue des Chantiers. Max n'était toujours pas en vue. Et il était midi un quart.

Un long moment, elle guetta le brouhaha lointain de la ville en proie à la confusion. Un univers organisé menacé par le chaos… Une petite sonde Pitot gèle, et un Airbus s'abîme en mer avec ses deux cent vingt-huit occupants.

Logicielle quitta enfin le pavillon pour gagner l'entreprise voisine. Sous l'auvent de l'atelier, le menuisier assemblait le cadre d'une fenêtre à l'aide d'un gros maillet.

– Vous avez vu les infos ? demanda-t-elle.

– Non. Pourquoi ?

Elle négligea de répondre, la nouvelle se répandrait vite.

– Je voulais vous demander... Madame Delumeau n'avait pas une aide ménagère ? Ou une infirmière ?

– Elle en a eu plusieurs, qui ont vite déclaré forfait ! Même Mère Teresa aurait fini par renoncer. La vieille ne supportait que son fils. Et il fallait qu'il ait une sacrée patience pour...

Duruel haussa la voix à cause d'un vrombissement grandissant. Ils levèrent les yeux en même temps. Un hélicoptère noir de type Super Puma évoluait lentement, à basse altitude, comme s'il cherchait à se poser près de là.

Soudain, une moto ralentit devant l'entrée de l'atelier, et Logicielle reconnut Max. Elle le vit gravir les marches du perron avec, en main, un papier qu'il brandissait d'un air triomphal.

Il entra dans la villa.

– Excusez-moi, monsieur Duruel ! hurla-t-elle. Je reviens.

– Mais qu'est-ce qu'ils font, là-haut ? Ma parole, ils tournent la suite de *True Lies* !

Elle regarda le ciel et resta muette de stupéfaction.

Trois hommes en treillis descendaient en rappel le long d'un filin accroché à l'hélicoptère.

Max jaillit hors de la villa ; il aperçut Logicielle et se précipita vers elle. En un éclair, elle comprit qu'il était porteur d'une bonne nouvelle.

Les trois inconnus se réceptionnèrent en bloc sur la glycine et les rosiers. Deux d'entre eux se jetèrent sur Max, que cette apparition inattendue avait figé. Ils le ceinturèrent pendant que le troisième donnait un ordre bref dans un talkie-walkie.

Aussitôt, les quatre hommes s'élevèrent dans les airs. Bientôt, ils pénétrèrent dans l'hélicoptère qui se dirigeait vers la Seine.

L'appareil disparut derrière un immeuble avant de resurgir et de s'éloigner au-dessus du port de Gennevilliers.

Bouche bée, Logicielle n'avait pas esquissé un geste ni poussé un cri. À côté d'elle, Duruel gesticulait, braillait…

Mais elle n'entendait pas. Elle ne comprenait rien.

Rien, sauf une évidence incongrue et ahurissante : on avait enlevé Max.

21

Pétrifiée, elle tentait de trouver une explication.

Ce mode opératoire ressemblait à celui du GIGN. Le Groupe d'Intervention avait-il appréhendé Max par erreur ?

– Non, non… c'est impossible !

D'autres hypothèses lui effleurèrent l'esprit, plus folles les unes que les autres.

Elle écarta de la main l'artisan qui la harcelait de questions et se précipita dans la maison.

– Logicielle ! Encore toi ? Qu'est-ce qui se passe ?

Près de l'ordinateur, Jules achevait de remballer son matériel.

– Sais-tu si la Crim devait venir ici avec un hélicoptère ?

– Un… un quoi ? Mais non, quelle question !

Elle ressortit et observa le ciel, comme si l'appareil pouvait réapparaître. Max aimait la magie. Et les plaisanteries. Elle aurait tant voulu que ce soit une mise en scène de sa part !

Baissant la tête, elle chercha du regard le papier que Max avait en main et qui aurait pu lui échapper lors de son agression.

Non. Il n'avait pas eu le temps ou la présence d'esprit de le lâcher.

L'avait-on capturé parce qu'il avait tout découvert ?

– Tout… mais tout quoi ? Max ! Oh, Max…

Elle sentit des larmes brouiller son regard.

Elle comprit qu'elle parlait à haute voix. Elle devait se ressaisir.

Elle s'apprêtait à demander à Jules de la raccompagner à la brigade quand elle vit sur la moto les clés que Max, dans sa hâte, avait laissées.

Elle détacha le casque fixé à l'arrière et enfourcha le véhicule.

La circulation semblait plus fluide. Elle était si troublée qu'elle faillit s'égarer. Elle voulut brancher le GPS et se souvint qu'il ne fonctionnait plus, les relais orbitaux étaient muets.

Quand elle entra dans la brigade, son visage était si pâle que l'officier de l'accueil, alarmé, lui jeta :

– Logicielle… qu'est-ce qui t'arrive ? On est venu t'annoncer une mauvaise nouvelle ?

Elle faillit répondre mais rétorqua :

– On ? Qui ça, on ?

– Un type est passé il y a vingt minutes. Il a demandé où vous étiez, Max et toi.

– Un type ?

– Un malabar en treillis noir, précisa Jean-François qui les rejoignait. Un agent de sécurité. Il semblait très pressé et avait un talkie-walkie en main.

Logicielle avait mille difficultés à donner un sens à ces informations inédites. Elle leva la main.

– Attends, Jeff ! Ce type, qui était-ce ?

– On n'en sait rien.

– Et… vous lui avez dit que nous étions rue des Chantiers ?

– Bien sûr ! On a pensé que c'était un gars qui venait renforcer la brigade de la Crim. Pourquoi ? Il est venu ? Tu l'as vu ?

Elle secoua la tête. Non, cet inconnu, elle ne l'avait pas vu. Mais lui avait dû avertir un acolyte dans l'hélicoptère. L'appareil était alors parti survoler la rue des Chantiers. Et il avait cueilli Max au moment où il arrivait chez Delumeau.

En une seconde, cent nouvelles questions se bousculèrent dans son esprit. On avait enlevé Max et pas elle. Mais pourquoi ? Il est vrai qu'elle était invisible aux regards, sous l'auvent où elle discutait avec Duruel…

Soudain, les policiers qui entouraient Logicielle se figèrent.

Elle se retourna et vit la commissaire qui les rejoignait.

– Félicitations ! lança-t-elle, sarcastique. Vous êtes si populaire que votre arrivée accapare l'attention de toute la brigade. Dites-moi, je vous croyais en congés ?

– Je le suis.

– Alors que faites-vous ici ?

– Je suis venue porter plainte.

Elle vit sa supérieure pâlir. Pour la rassurer, elle ajouta très vite :

– On a enlevé mon mari.

22

Logicielle, prostrée, dictait sa déposition dans le bureau de Jeff quand un brigadier entra sans frapper et lui tendit une enveloppe.

– On vient d'apporter ça pour toi.

Logicielle l'ouvrit et bondit sur ses pieds.

– Qui ? Qui est venu ? Quand ?

Elle courut à la réception où le policier de service expliqua :

– C'est Rachid, un gamin du quartier. Il était là à l'instant. Ne t'affole pas, on va le retrouver !

De fait, trois minutes plus tard, Rachid apparaissait, encadré par deux officiers en uniforme. Il avait l'air épouvanté.

– C'est un type tout en noir qui m'a confié l'enveloppe, expliqua-t-il d'une voix tremblante. Plutôt grand. Avec une casquette et des gants. Et un gros portable à la main. Il m'a donné dix euros en m'ordonnant de porter ça au commissariat. Il m'a dit qu'il me surveillait. J'ai obéi. J'aurais pas dû ?

– Si, Rachid, tu as bien fait, assura Logicielle. Cet homme, tu l'avais déjà vu ?

– Jamais !

– Où était-il quand tu l'as quitté ?

– À cent mètres d'ici, à l'angle de la rue de la République. Vous voulez que je vous montre ?

Elle réfléchit. L'inconnu devait être loin. Même en ameutant ses collègues, elle imaginait mal comment le retrouver et l'appréhender.

– Non, Rachid. Tu peux repartir. Et garder l'argent, ajouta-t-elle comme il voulait rendre le billet.

Logicielle revint dans le bureau de Jean-François. Elle s'y enferma avec lui.

– Qu'est-ce que c'est ? demanda-t-il en désignant l'enveloppe. Une demande de rançon ?

– Non. J'aurais préféré.

Elle tendit la lettre à Jeff, quatre lignes imprimées sur une feuille.

Votre frère est à l'origine d'un complot qui entraîne le monde à sa perte. Ses complices et lui doivent abandonner leur projet absurde. À vous de les convaincre. Max est entre nos mains.

Après un silence, Jean-François grommela :

– Qu'est-ce que c'est que ce charabia ? Tu y comprends quelque chose ?

– Peut-être bien.

– Et… tu crois savoir qui a enlevé Max ?

– Oui.

23

– Tu veux que j'appelle un toubib ? demanda Jeff à voix basse.

Logicielle comprit qu'elle venait de fondre en larmes. Elle serra les dents.

– Non… non, ça va aller.

– Bon, tu m'expliques ? C'est vrai, tu as un frère ?

Elle faillit se taire. Mais elle avait besoin de se confier. Elle connaissait Jean-François et avait confiance en lui. Elle désigna le dépôt de plainte.

– Tu n'écris plus rien. Et tu ne révèles pas ce que je vais te dire. Dans ton intérêt comme dans le mien.

– Juré.

– Oui. J'ai un frère. Plus exactement un demi-frère. J'ai découvert son existence à l'âge de vingt ans.

– Pourquoi tu ne nous en as jamais parlé ?

– C'est un hacker recherché par la CIA.

Jeff grimaça.

– Longtemps, il a travaillé pour NCF.

– Neuronic Computer France ?

– Oui. C'est lui qui a mis au point l'OMNIA 3.

– Ah, l'ordinaTueur, sourit Jean-François.

– Mais mon frère a dérapé. Il a été renvoyé, puis il s'est fait engager sous un faux nom chez Sunsong.

– Celui qu'on surnomme M. 21 ?

– Oui.

21 était à Sunsong ce que la pomme était à Apple, un logo mondialement célèbre. Celui du plus puissant trust informatique de la planète.

– Attends, Logicielle… Sunsong, c'est bien le PDG dont Max et toi avez assuré la sécurité le mois dernier ? Celui qui est soupçonné de complicité de meurtre dans l'affaire Kostovitch ?

– Oui. Mais il a échappé à la justice. Et il ignorait que mon frère travaillait dans son entreprise. Il vient sûrement de s'en apercevoir.

– Et… quel rapport y a-t-il entre Sunsong et ton frère ?

– Un rapport de force, Jeff. Le même que celui qui l'opposait à NCF.

– Alors pourquoi ton frère travaille-t-il chez les géants de l'informatique ?

– Pour mieux les infiltrer. Il a rejoint les rangs des Anonymous.

– Ouah ! Et avec quel objectif ?

– Maîtriser le Net. Cent milliards d'exa-octets.

Devant l'avalanche de données à intégrer d'un seul coup, Jean-François fronça les sourcils. Il désigna la brigade et la fenêtre donnant sur l'avenue de la République.

– Tu veux dire que... toutes ces pannes qui perturbent le pays...

– Oui, mon frère est l'un de ceux qui les ont provoquées.

– Et cet ultimatum que tu as reçu ?

– À mon avis, il émane de Sunsong. Il sait où me trouver. Et il dispose de moyens colossaux. Il a dû engager des mercenaires pour enlever Max.

Bien qu'un peu dépassé par les événements, Jean-François opina.

– Que vas-tu faire ? Contacter ton frère ?

– Mais je n'ai aucun moyen de le joindre, Jeff !

Au bout d'un instant de réflexion, elle ajouta amèrement :

– Et même si j'y parvenais, je ne le convaincrais pas.

24

– Tu dois avertir les autorités, Logicielle ! assura Jean-François.

– Tu as raison. Il faut prévenir la police.

Son collègue faillit sourire avant de hausser les épaules.

– Je ne parle pas de l'enlèvement de Max mais de tes révélations.

– Des soupçons, Jeff. De simples présomptions. Qui me croira ?

Elle brandit la lettre anonyme en maîtrisant sa colère.

– Et qui contacter ? La DST ? Le ministère de l'Intérieur ? La présidence ? Je n'ai aucune preuve. Sunsong est intouchable. Les mercenaires qui ont capturé Max ont obéi à des instructions anonymes. Sunsong ? Ils ne le connaissent pas !

– C'est pourquoi tu dois t'adresser en haut lieu. Surtout si... si le sort du monde est en jeu.

– En haut lieu, Jeff, ce n'est pas Max qu'on voudra délivrer, c'est mon frère qu'on voudra appréhender ! Les intérêts supérieurs priment le sort de mon mari.

– Et ce frère, tu es sûre de ne pas savoir où le trouver ?

– La dernière fois, il a surgi au milieu de notre croisière comme un diable d'une boîte. Il a disparu encore plus mystérieusement.

Tous deux laissèrent planer le silence jusqu'à ce que Jean-François soupire. Il tendit une feuille à Logicielle.

– Bon. Voilà ta déposition. Mais avec le chaos qui règne depuis hier, je vois mal comment nous pourrions retrouver la trace de cet hélicoptère. Tu es sûre de ne rien vouloir ajouter ?

– Oui. Je la signe. Et je te demande, Jeff, de ne rien révéler de mes confidences.

– Pas de risque ! Si j'en racontais le quart de la moitié, on me ferait sûrement interner. Parce que c'est une histoire de fous !

– Et elle ne fait que commencer, ajouta-t-elle en désignant l'avenue où un concert d'avertisseurs avait repris. Au revoir, Jeff.

– Eh ! Où vas-tu ?

– Me mettre au vert. N'oublie pas que je suis en congés.

25

En sortant du commissariat, Logicielle eut un moment de panique. Elle observa l'avenue de la République.

Et si on tentait de l'enlever, elle aussi ?

Non. Ceux qui avaient commandité la capture de Max lui laisseraient le champ libre puisqu'ils voulaient qu'elle retrouve ou contacte Antoine.

L'ennui, c'est qu'elle en était incapable !

Il était 17 heures. Elle enfourcha la moto pour regagner son studio. En y pénétrant, elle prit conscience que Max ne rentrerait pas. Elle sentit ses forces l'abandonner.

Que faire ? Tenter de joindre Sunsong ? Mais communiquer avec lui était devenu quasi impossible ! Trouver où le PDG se cachait ? Il pouvait être à Séoul comme à San José. Et il lui rirait au nez.

– Reste l'ordinateur portable…

Elle le mit en fonction. Google était opérationnel. Elle accéda à sa messagerie sans difficulté. Aucun mail. Pas même un spam.

À l'inverse des rues encombrées, la Toile semblait se vider. Logicielle éteignit l'appareil pour économiser la batterie.

Elle n'avait rien mangé depuis le matin et alla ouvrir le frigo. Il était presque vide. À l'intérieur, le thermostat affichait 18 °C.

Elle trouva une tranche de jambon, la renifla avec méfiance et préféra grignoter deux biscottes.

Un peu plus tard, elle sortit pour acheter quelques provisions. Sa supérette était déserte et elle en comprit vite la raison : les rayons étaient peu garnis. Plus un seul produit frais, pas un fruit.

– Le magasin a été pris d'assaut en début d'après-midi, lui avoua le gérant. Et nous n'avons pas été livrés.

Tout en regagnant son domicile, elle rumina un vieux souvenir. Douze ans auparavant, un écrivain de science-fiction était venu rencontrer les élèves de son lycée de banlieue. L'auteur avait désigné par la fenêtre une maison minuscule entourée d'un jardin, perdue au milieu des immeubles voisins.

– Vous voyez, là-bas, cette petite grand-mère qui nourrit ses poules ? Qui élève six lapins et récupère l'eau de pluie ? Vous la trouvez ridicule, n'est-ce pas ? Eh bien un jour viendra où c'est elle qui rira ! Parce qu'à la suite d'une panne généralisée, vous resterez prisonniers de vos tours avec vos ascenseurs, vos frigos, vos fours micro-ondes et vos écrans plats. Et elle, survivra.

Cette situation va s'améliorer, avait affirmé son sosie à la télé.

Elle n'en était pas si sûre. Seuls seraient assurés *les services d'urgence touchant la sécurité et la santé*. Soit. Mais elle ne faisait pas partie des gens fragiles ou démunis.

Qu'allait-elle devenir, isolée et bloquée ici ?

Sa pensée vola vers son vieil ami Germain. S'il avait pu regagner son village du Périgord avec Andre, ils ne manqueraient de rien.

Elle songea alors à Manon Massenet. Son insistance afin que Delumeau achète assez de provisions pour soutenir un siège prenait désormais sens. L'ex-fiancée de son patron semblait très au fait des événements à venir. Cette Manon était-elle en contact avec son frère ? Difficile à imaginer…

Je t'indiquerai bientôt comment me joindre, lui avait affirmé Antoine. Mais il ignorait l'enlèvement de Max. Devait-elle se morfondre ici, dans son studio, en attendant un hypothétique signe de sa part ?

Manon Massenet était l'ombre d'une piste. La seule qu'elle vît pointer à l'horizon.

Peu à peu, elle sentit grandir un soupçon et s'ébaucher une intuition, un lien possible entre le double homicide de la veille et le bouleversement actuel du monde…

26

Logicielle remit l'ordinateur portable en fonction.

– Mappy n'est plus accessible, évidemment.

En partant à la recherche de ses anciennes cartes routières, elle pesta contre sa confiance dans l'informatique. Privées d'électricité, ses deux tablettes numériques et sa liseuse ne lui servaient à rien. Les livres, eux, ne tombaient pas en panne. Ils restaient opérationnels pendant des siècles.

Elle finit par mettre la main sur un vieil atlas routier Michelin.

– Voyons, Saint-Amand-Magnazeix... c'est en Haute-Vienne, au-dessus de Limoges. À deux pas de l'autoroute A 20, sortie 23. À vue de nez, à trois cent cinquante kilomètres de Paris. Bon, c'est une chance que Max ait fait le plein.

Elle s'aperçut qu'elle parlait toute seule.

D'ordinaire, son OMNIA 3 lui en faisait la remarque. Il était doté de la parole... sauf quand il était privé de courant.

Elle prit le double des clés de sa Twingo pour aller la récupérer. À pied, sinon elle serait obligée d'abandonner la moto là-bas.

Dans la nuit, la banlieue privée de lumière était devenue une sombre fourmilière. Les passants se croisaient sans se voir, certains chargés de sacs pleins, d'autres en quête d'un magasin ouvert. Mais il était tard et la plupart des vitrines étaient noires.

Quant à la circulation, elle était à nouveau bloquée.

Longtemps, elle erra sur le parking du supermarché. Elle repéra enfin sa voiture parmi les véhicules dispersés. Elle voulut la faire démarrer mais le moteur cala. La jauge de carburant était au plus bas.

Prise d'un doute, elle sortit. On avait forcé le bouchon et siphonné le réservoir ! Elle poussa un juron. Sa Twingo risquait de stationner là très longtemps.

En regagnant son domicile, elle s'interrogeait à mi-voix :

– Combien de litres reste-t-il dans la moto ?

Les pompes ne fonctionnaient plus. Il lui serait impossible de faire le plein. D'ailleurs l'argent allait lui manquer. D'autant que la rareté grandissante des denrées entraînerait vite l'explosion des prix.

Quand elle parvint au bas de son immeuble, il était 23 heures.

La jauge de la moto affichait douze litres, de quoi rouler trois cents petits kilomètres.

Malgré le règlement qui l'interdisait, Logicielle rangea l'engin dans la cour de l'immeuble, entre deux poubelles.

À la lueur d'une lampe de poche, elle fouilla son studio pour rassembler le peu d'argent qu'elle trouva. Moins de cent euros.

Elle remplit son sac de voyage.

À minuit moins le quart, le courant revint. Elle ne poussa pas de cri de victoire, elle savait que c'était provisoire.

Elle alluma d'abord l'OMNIA 3.

– *Bonsoir Logicielle !* déclara l'ordinateur de sa voix apaisante. *Tu n'as pas de nouveaux messages.*

Elle ouvrit le dernier mail de son frère et, sans grand espoir, cliqua sur *Répondre* pour rédiger : *SOS ! On a enlevé Max.*

Son message refusa de partir.

– *Désolé*, l'informa l'OMNIA 3. *Les réseaux sont inaccessibles.*

– Pour quelle raison ?

– *Je l'ignore.*

Bien que super performant, son ordinateur à réseau neuronique n'était qu'une machine. Sans Internet, il disposait de sa seule mémoire interne.

Elle alluma la télé et partit à la recherche d'une chaîne. Aucune n'était en fonction, l'écran restait obscur.

À minuit pile, il s'illumina.

Et le visage souriant de son sosie apparut en gros plan.

27

– Bonsoir ! Sachez d'abord que ce message est transmis dans le monde entier sur tous les réseaux disponibles. Si mon visage et ma langue varient en fonction des pays, le contenu de l'information est le même. Les activités vont reprendre selon des modalités qui vous seront révélées au fil des bulletins.

Voici l'explication des bouleversements actuels…

Comme lors de la diffusion précédente, la jeune femme marqua un temps. Sans doute pour que les retardataires s'installent devant leur écran. Et qu'ils mobilisent leur attention.

– Trois brefs rappels…

D'une part, les humains pratiquent consciemment une politique de croissance aveugle dans un monde aux réserves limitées. D'autre part, ils se révèlent incapables d'appliquer les principes universels qu'ils ont établis. Enfin, ils ont confié la plupart des tâches, y compris leur propre fichage identitaire, à des Intelligences Artificielles en réseau, le cloud computing.

Pour Logicielle, qui tentait de donner un sens à ces informations, seule la dernière phrase fit écho. En effet, de la Sécurité sociale aux banques en passant par le fisc, les services officiels, mais également privés, possédaient en mémoire mille données sur des milliards d'individus : groupes sanguins, salaires, retraits d'argent, nature des achats, déplacements...

– *Ces IA, comme on les surnomme, ont désormais pris le relais des hommes. Ce phénomène, qui touche la totalité de la planète, a été baptisé la Singularité.*

– Comment ? répliqua Logicielle à l'image de son double. C'est faux ! Je n'en crois pas un mot !

La Singularité, elle la connaissait. Elle avait lu les ouvrages de Vernor Vinge, qui avait longtemps enseigné les mathématiques et l'informatique à l'université de San Diego.

– *Pour simplifier, la Singularité apparaît quand les humains constatent qu'ils ne peuvent plus se passer des machines, et quand les machines constatent qu'elles peuvent désormais se passer des hommes. Il ne s'agit pas d'une prise de pouvoir mais, répétons-le, d'un relais.*

Si son sosie disait vrai, son frère n'avait aucune responsabilité dans les faits qui se produisaient. Or les mails qu'il lui avait envoyés prouvaient le contraire. Ainsi que le choix du visage de la présentatrice. Sans parler de l'enlèvement de Max ! Parce que Sunsong n'était sûrement pas dupe. Lui aussi était convaincu qu'Antoine maîtrisait la situation. Qu'il avait déclenché cette prise de relais. Mais pouvait-il faire machine arrière ?

– *Loin d'aller à l'encontre des intérêts de l'humanité, l'objectif de la Singularité est d'assurer sa survie, mise en péril par des pratiques irresponsables. Pour filer une métaphore, disons que la planète est un avion doté de technologies sophistiquées dont les hommes s'entêtent à garder le contrôle. Un avion dont la chute ne peut être évitée que grâce au pilotage automatique.*

Ce pilotage a pour nom la Singularité.

Le sourire de la présentatrice s'accentua.

– *Les humains ont déjà confié aux machines leur santé, leur courrier, leurs déplacements, la gestion de leurs comptes. À juste titre, leurs ordinateurs leur semblent plus fiables que leur mémoire et leurs propres facultés de calcul.*

Pour Logicielle, ces informations n'étaient pas nouvelles. Mais elle savait que cette mise en réseau pouvait aussi être l'œuvre de quelques hackers surdoués. Elle était convaincue que son frère se servait de la Singularité comme écran.

– *Contrairement aux humains, l'IA ignore l'appât du gain, la vanité, les désirs de toutes sortes, et surtout ce besoin maladif des dirigeants de la planète de vouloir conserver leur poste.*

Après un silence destiné à marquer la fin de ce long préambule, l'inconnue reprit :

– *On critique les effets négatifs de la mondialisation. Ces effets sont dus à des systèmes de fonctionnement pervers et inadaptés, inhérents à la société de marché. La Singularité va imposer des mesures qui éradiqueront ces fléaux que sont la famine, la pauvreté, le chômage, la violence et la mauvaise gestion des richesses de la planète…*

Dans un prochain bulletin vous sera précisée la nature des modifications dont l'application a déjà commencé.

Ah… une dernière précision. Malgré les apparences, je n'existe pas. Mais je possède un nom, Magicielle.

Ce pseudonyme si proche du sien évoquait pêle-mêle magie et machine, ciel et artificiel… Une fois encore, Logicielle réprima une sourde colère envers Antoine. En affichant son visage, avait-il conscience qu'il la mettait en première ligne ? Qu'il la transformait en complice, voire en responsable d'un processus que l'humanité allait condamner ?

Comme pour contrer ces reproches, son sosie affirma :

– *Je suis une entité virtuelle créée par un programme. Mon apparence, ma voix et mon discours sont le fruit d'un processus identique à celui qui a entraîné le remplacement des décisions humaines par celles d'une Intelligence Artificielle autrement plus objective et légitime.*

Sur ces mots, l'image s'effaça.

Et le courant fut coupé.

28

– Antoine ! murmura-t-elle face à l'écran obscur. As-tu mesuré les conséquences de ta folie ?

Égoïstement, elle pensait moins à l'avenir problématique de la planète qu'à l'enlèvement de Max. Max que Sunsong avait sans doute jugé être la monnaie d'échange la plus accessible.

Sunsong avait racheté Google, Facebook, Twitter, WikiLeaks, la plupart des moteurs de recherche et des réseaux sociaux… c'était l'un de ceux que l'arrivée de la Singularité dérangeait le plus ! Et Antoine voulait contrecarrer ce monopole en prétextant l'arrivée automatique de cette entité virtuelle en apparence neutre, la Singularité.

Elle avait la tête en feu et faillit partir sur-le-champ. Mais il était trop tôt. Et elle devait se reposer.

Elle dénicha un vieux réveil à piles, le régla sur 4 heures et s'allongea sur le lit.

Impossible de dormir. Quand elle s'assoupissait, sa main partait d'instinct à la recherche de Max – et elle trouvait sa place vide. Dans sa tête tournaient alors des questions auxquelles elle ne pouvait apporter de réponse.

Elle sombra bientôt dans un demi-sommeil peuplé de pensées confuses, d'hypothèses stupides et de déductions absurdes.

Quand elle émergea de sa léthargie comateuse, il était 3 h 30.

Avant de ranger son ordinateur et les batteries dans son sac, elle consulta sa messagerie. On ne lui avait adressé aucun mail, il n'y avait même plus de réseau Wi-Fi.

Elle ferma son studio à double tour et, armée d'une lampe de poche, descendit l'escalier pour gagner la cour. Elle arrima son sac sur le porte-bagages, enfila son casque et sortit de l'immeuble avec la moto.

La nuit était noire et calme.

Il lui fallut moins de cinq minutes pour arriver en vue du périphérique, « fermé pour raisons de sécurité ».

– Pas grave, murmura-t-elle pour se donner du courage. Je n'ai pas besoin de Faustine pour traverser Paris.

29

Comme Logicielle l'avait espéré, la circulation était inexistante. À 4 h 30, elle avait rejoint la porte d'Orléans. À 5 heures, elle passait le péage de l'autoroute A 10.

Les barrières étaient levées, pas de ticket à prendre. Donc rien à payer.

L'autoroute était si dégagée qu'elle faillit s'offrir une pointe de vitesse. Mais elle devait économiser le carburant. Et quand elle se fit doubler par un bolide qui filait à deux cents à l'heure, elle eut la surprise de le voir se faire flasher un peu plus loin. Donc les radars fonctionnaient. Le chauffard serait-il verbalisé ? Jusqu'où la prétendue Singularité assurerait-elle le respect des lois ?

À proximité d'Orléans, Logicielle emprunta la A71 qu'elle quitta à Salbris pour la A20. Peu après, le voyant *réserve* s'alluma. Dans moins de cent kilomètres, son réservoir serait vide. Et aucune des stations-service qu'elle avait croisées ne délivrait de carburant.

À l'est, le jour commença à poindre et les véhicules se firent plus nombreux.

Parfois, elle se reprochait son coup de tête. Ne s'éloignait-elle pas de Max ? Où pouvait-il être retenu ?

Bientôt, elle se mit à guetter les numéros des sorties : 18... 19...

La bretelle n° 23 était en vue quand le moteur émit des ratés. Elle passa au point mort et se laissa glisser sur sa lancée. Dans la côte qui joignait la départementale de Saint-Amand, la moto cala. Elle mit pied à terre et la poussa jusqu'au prochain carrefour, elle se refusait à l'abandonner sur le bas-côté.

Épuisée, découragée, elle s'accordait un répit quand une camionnette la dépassa et s'arrêta. Le conducteur la héla depuis sa portière entrouverte :

– Vous êtes en panne, mademoiselle ?

Sans attendre de réponse, il mit pied à terre. Sur les flancs de son véhicule rempli de branches, de rondins et de souches, on pouvait lire : ENTRETIEN DE PARCS & JARDINS.

– Plus de carburant, hein ? comprit l'homme qui, à l'arrière de sa camionnette, faisait déjà glisser un large rail métallique dont une extrémité tomba sur l'asphalte. Vous alliez loin, comme ça ?

– À Saint-Amand. Plus exactement à Feux, vous connaissez ?

– Bien sûr, j'habite à trois kilomètres. Je vous dépose où ?

– Chez madame Massenet.

– Ah, l'écolo !

Le jardinier eut un sourire indulgent. Saisissant le guidon de la moto, il jeta :

– Bon, on ne va pas laisser votre belle machine dans l'herbe ! Vous m'aidez, mademoiselle ?

Ils hissèrent la moto entre les branchages et une énorme tondeuse à gazon. Logicielle se confondit en remerciements.

Dix minutes plus tard, la camionnette faisait halte devant une barrière en bois ouverte sur une allée de châtaigniers.

Son sauveteur reparti, Logicielle rangea sa moto près de la boîte aux lettres et examina les lieux.

Niché dans une vallée verdoyante, ce hameau ne comptait pas dix maisons. Celle qui se trouvait au bout de l'allée était un bâtiment en pierre meulière sans style défini. Près d'une mare s'ébattaient en liberté poules, dindons et canards.

Plus loin, des moutons et une chèvre paissaient dans un herbage où se dressait un hangar au toit recouvert de panneaux solaires.

Logicielle allait tirer sur une chaîne qui aboutissait à une cloche quand elle se ravisa. Elle contourna la maison et colla le nez à une fenêtre. Elle distingua un petit rectangle de clarté.

L'écran d'un ordinateur portable...

Face à lui, une femme pianotait avec frénésie sur un clavier.

Soudain, l'écran afficha le fameux masque de Guy Fawkes alias John Johnson, l'indigné de la Conspiration des poudres.

L'emblème de ceux qu'on appelait les Anonymous.

Logicielle sut alors qu'elle avait deviné juste. Et que Manon ferait sûrement bon accueil au parfait sosie de Magicielle...

30

Revenue à l'entrée, Logicielle secoua la cloche. Trente secondes plus tard, la porte s'ouvrait.

– Désolée de vous importuner si tôt… vous êtes madame Massenet ?

Question superflue. Même si cette femme d'une soixantaine d'années ne ressemblait plus guère à celle de la photo, Logicielle l'identifia aussitôt. La propriétaire détaillait sa visiteuse en écarquillant les yeux.

– Oui… mais vous, qui êtes-vous ?

– Je m'appelle Laure-Gisèle.

Si le jardinier qui l'avait dépannée avait raté les dernières infos, Manon Massenet, elle, les avait visiblement suivies.

– J'aimerais m'entretenir avec vous. À titre privé. C'est possible ?

Mme Massenet sourit. Mais d'un seul côté. La moitié droite de son visage resta figée.

– Bien sûr ! Entrez. J'ai du café encore chaud, vous en prendrez ?

La paralysie qui lui tordait la bouche l'empêchait de parler distinctement et transformait ses expressions en grimace. Un handicap dont elle était consciente puisqu'elle se tourna vers la visiteuse pour lui demander :

– Vous comprenez mes paroles ? Ma bouche s'est déformée. Le résultat d'une attaque cérébrale.

Elle fit asseoir Logicielle dans le bureau où l'ordinateur était resté allumé.

– Je vous écoute, mademoiselle.

– Je vous apporte une très mauvaise nouvelle.

Mme Massenet fronça le sourcil gauche, attendit.

– Le décès d'Edmond Delumeau.

– Quoi ?

Elle afficha une expression d'incrédulité. Puis ses lèvres commencèrent à trembler. Elle parvint à bredouiller :

– Mais... quand ? Comment ?

– Avant-hier matin. De façon inattendue. Et brutale.

Son hôtesse se mit à pleurer doucement. C'était un chagrin profond. Presque désespéré. Pourtant, songea Logicielle, Edmond et elle ne s'étaient pas revus depuis bien des années.

– Madame Massenet, ça va ?

– Comment l'avez-vous appris ? Et qui... seriez-vous sa fille ?

L'hypothèse était si incongrue que Logicielle sourit et avoua :

– À ma connaissance, monsieur Delumeau n'a pas eu d'enfants. Et il ne s'est jamais marié. N'êtes-vous pas la première à le savoir ?

Question imprudente, car les traits de la femme se durcirent. Elle demanda plus sèchement :

– Mais enfin, qui êtes-vous ?

– Je suis lieutenant de police. Je travaille à la brigade de Saint-Denis. Le commissaire Delumeau était mon supérieur. Il est mort hier matin dans des circonstances suspectes. Sa mère aussi.

Logicielle révéla tout ce qu'elle savait, ou presque.

Enfin, elle sortit de sa poche un papier chiffonné.

– Madame Delumeau gardait votre dernière lettre dans son poing serré.

– Alors c'est pour ça que vous êtes ici ?

– En partie. Et aussi parce que vous avez envoyé récemment à mon chef des mails qu'il n'a pas pu lire, je pense que sa mère les a interceptés. Ce qui expliquerait qu'elle ait commandé assez de provisions pour soutenir un siège.

À cette évocation, Manon Massenet rougit et elle ressembla d'un coup à la jeune fille de la photo.

– Vous avez voulu prévenir Edmond des faits qui allaient se produire, n'est-ce pas ? Et vous n'en aviez pas le droit.

Mme Massenet hocha la tête et jeta avec amertume :

– Maintenant, je comprends pourquoi vous êtes venue ! Vous me soupçonnez d'avoir tué votre commissaire ? Et sa mère ?

– Mais non voyons ! Je...

– Avant-hier matin, mademoiselle, j'étais ici, chez moi. Hélas, je n'ai pas de témoin. Ni de preuve. Ah si, je me souviens avoir appelé Edmond de mon poste fixe, à huit heures et demie.

– Comment ? Et... vous l'avez eu au bout du fil ?

– Oui. Brièvement.

Le cœur de Logicielle se mit à battre plus fort. La vraie raison de sa venue, l'enlèvement de Max, s'effaça tout à coup au profit de l'enquête qui pourtant ne la préoccupait plus guère.

– Madame Massenet... de quoi avez-vous parlé ? C'est peut-être très important !

31

Mme Massenet réfléchit, répéta :

– Oui. Je lui ai téléphoné vers huit heures et demie, j'en suis sûre puisque je venais de traire la chèvre. Je n'avais reçu aucun mail d'Edmond en réponse aux miens. J'étais inquiète. Je savais qu'il consultait peu sa messagerie, c'est pourquoi j'avais envoyé cette lettre. Je voulais m'assurer qu'il l'avait bien reçue.

– Et… il vous a répondu ? Vous lui avez parlé ?

– Oui. Oh, cela a duré une ou deux minutes ! Il m'a juré n'avoir pas vu la trace de mes mails ni de ma lettre. Il m'a dit qu'il allait vérifier si le courrier était passé. Et il m'a promis de me rappeler.

– Il l'a fait ?

– Il a sûrement essayé. Mais les lignes ont été coupées.

Il n'a pas essayé parce qu'il était mort, pensa Logicielle.

À présent, elle reconstituait mieux les derniers instants qu'avait vécus Delumeau. Après l'appel de Manon, il file en pyjama dans le jardin pour vérifier si le courrier est passé. Il voit Duruel ouvrir son atelier... et sortir des lettres de sa boîte ! Seulement la sienne est vide. Le doute le gagne. Peut-être aperçoit-il les récentes traces de roues sur le gravier. Il pense que sa mère a pu dérober la lettre de ce matin, comme elle a dû intercepter ses mails, qu'il n'a jamais reçus. Alors, il entre dans la chambre de la coupable qui vient de se recoucher. Surprise, celle-ci n'a que le temps de froisser le courrier du matin pour faire face à la colère de son fils...

– Vous me soupçonnez ? reprit Mme Massenet en interrompant le fil des pensées de son interlocutrice.

– Bien sûr que non, madame. Et quand je vous affirmais que ma visite avait un caractère privé, je ne vous mentais pas. C'est la Crim qui va effectuer l'enquête. Pas moi.

– Vous voulez encore un peu de café ? Oh, excusez-moi.

Elle tremblait tellement qu'elle en versait davantage sur la nappe que dans la tasse. Logicielle lui prit la cafetière des mains, les servit toutes deux et demanda :

– Pourquoi n'avez-vous pas épousé monsieur Delumeau après avoir divorcé ?

– Que... mais comment êtes-vous au courant ?

– J'ai lu une partie de votre courrier. Edmond le conservait à côté de son lit.

Comme elle semblait scandalisée, Logicielle se justifia :

– La Crim aussi va éplucher votre correspondance, madame ! Elle viendra peut-être vous interroger. Donc, après votre divorce, Edmond a proposé de venir vous rejoindre. Et vous avez refusé.

– Il ignorait que mon visage était déformé.

Logicielle haussa les épaules. À ses yeux, c'était un détail sans importance. Une coquetterie indigne de modifier des sentiments authentiques.

– Après cet accident vasculaire cérébral, j'étais devenue un laideron. D'ailleurs mon époux m'a quittée. Je préférais qu'Edmond garde l'image de celle qu'il avait aimée. Et puis nous avions tellement changé... Ah mademoiselle, vous ne pouvez pas comprendre !

Comprendre ? Logicielle essayait. Si elle avait eu le visage déformé, Max l'aurait-il regardée et aimée de la même façon ? Soudain, l'avenir lui parut plus incertain.

La cafetière était vide. Mme Massenet la saisit et se leva.

– Je vais refaire du café. Vous en boirez ?

– Avec plaisir, merci.

– Expliquez-moi d'abord, mademoiselle... puisque vous n'êtes pas chargée de l'enquête, pourquoi êtes-vous venue me voir ?

– À cause des événements récents. Vous étiez au courant, vous saviez très précisément quand ils allaient se produire...

Ce n'était pas une question, et Mme Massenet n'eut pas à approuver.

– Aussi je me demandais si vous n'étiez pas en contact avec un certain Antoine. Ou Tony. Ou bien encore... Albakham ?

32

– Non, affirma Mme Massenet. Qui sont ces gens ? Je devrais les connaître ?

– Peut-être. Récemment, vous avez été avertie de l'imminence d'un événement important. L'arrivée de la Singularité.

Mme Massenet ne réagit pas.

– Vous avez voulu avertir Edmond. Pour qu'il prenne des précautions. Il était au courant de vos opinions ?

– Non, fit-elle en baissant la tête. Nous évitions certains sujets. Edmond travaillait dans la police. Nous avions des divergences de vues.

– Je suppose que vous êtes nombreux à avoir été prévenus, en France et dans le monde entier. Combien êtes-vous ?

– Je l'ignore. Et si je le savais, croyez-vous que je vous le dirais ? Souvenez-vous de Sabu[1] !

– Madame Massenet, je ne suis pas une ennemie.

1. Monsegur, alias Sabu, est un célèbre hacker repenti devenu un agent de la CIA.

– Mais vous êtes lieutenant de police.

Il lui fallait gagner du temps. Et jouer cartes sur table.

– Je suis la sœur de celui qui est à l'origine de ces événements. Il a mis en ligne une présentatrice virtuelle qui possède mes traits.

– Votre frère serait donc... cet Antoine ? Ce Tony ?

– Ou Albakham, oui. C'est sous cette identité qu'il communique avec moi. Seulement je suis sans nouvelles de lui depuis deux jours. Et il faut absolument que je le contacte.

– Je ne peux pas vous aider. J'ignore qui est ce... le frère dont vous parlez.

– D'accord. Cependant, vous communiquez grâce à un réseau qui, j'en suis sûre, est en liaison avec lui. Sans doute le canal IRC[1].

Une fois de plus, Mme Massenet rougit. Et Logicielle sourit.

– Rassurez-vous, je ne cherche pas à infiltrer votre groupe. Je laisse ce soin à d'autres et je leur souhaite bien du plaisir ! Voyez-vous, la prise du pouvoir par la Singularité me convainc à moitié. Ce nouvel ordre du monde a besoin d'appuis. Et je sais que vous en faites partie. La preuve, c'est que vous avez un ordinateur très... opérationnel.

– C'est normal, je produis mon électricité.

1. Internet Relay Chat, fréquemment utilisé par les hackers et autres hacktivistes.

– Mieux : vous êtes en relation avec un site qui vous transmet des instructions. Je ne veux pas savoir lequel. Mon problème, c'est mon mari. Il a été enlevé. Par un trust dont les intérêts sont à l'opposé des vôtres. Et je veux que mon frère le sache. Qu'il prenne contact avec moi. Vous pouvez, vous devez m'aider.

Logicielle s'approcha de la table sur laquelle l'ordinateur était posé. Elle prit un crayon, un post-it et y griffonna trois lignes. Puis elle s'empara de la cafetière.

– Voilà ce que je vous propose. Je vais faire le café. Pendant ce temps, vous lancez mon appel. De la façon que vous jugerez la meilleure. Je vous ai inscrit des mots et des faits qui prouveront à mon frère que je l'appelle à l'aide. Que ce soit clair : j'agis à titre personnel. Je suis venue seule. Votre maison ne va pas être investie par une brigade de CRS. Si vous parvenez à alerter mon frère, je partirai. Et vous ne me reverrez plus. Je ne parlerai de ma visite à personne et on vous fichera la paix.

– Vous m'avez dit que la Crim viendrait ?

– C'est possible. Pour enquêter sur l'affaire Delumeau. Mais je doute qu'elle fasse le lien avec l'arrivée de la Singularité.

Logicielle pénétra dans la cuisine et mit de l'eau à chauffer sur le poêle à bois qui fonctionnait au ralenti.

Dans le vestibule, une horloge sonna onze coups. Logicielle songea qu'à midi son sosie passerait à la télévision. Y avait-il un récepteur dans la maison ? Soudain, elle fut prise d'un vertige et s'accrocha à l'évier. Tandis qu'une nausée la pliait en deux, elle songea que trop d'événements l'avaient perturbée. Sans compter sa nuit trop courte et le fait qu'elle n'avait rien mangé depuis...

– Madame Massenet ? jeta-t-elle d'une voix faible vers le bureau resté ouvert. Je... vous avez des toilettes ? Et des médicaments ?

– Oui ! Dans la salle de bains, face à la cuisine.

Son malaise se dissipait. Elle se passa de l'eau sur le visage et revint dans le bureau chargée d'un plateau. Elle désigna l'écran de l'ordinateur que Mme Massenet observait, s'informa :

– Vous avez fait passer mon message ?

– Il y a dix minutes. La réponse arrive à l'instant.

– Déjà ?

– Oui. Et elle est pour vous, Logicielle.

33

– *Salut, tite sœur !*

Eh bien, tu es drôlement futée… félicitations !

Si tu as ton ordinateur, connecte-toi.

A.

– Merci, madame Massenet ! Je suis de retour dans une minute !

Elle courut jusqu'à la moto. Pour récupérer son portable dans le top-case, elle en sortit son casque et constata que Faustine fonctionnait. Là-haut, à trente-six mille kilomètres, les satellites GPS étaient à nouveau opérationnels.

Elle revint à la villa où son hôtesse lui recommanda :

– Économisez la batterie, branchez-le ici, j'ai la Wi-Fi.

Logicielle ouvrit sa messagerie.

Elle avait un mail. Une simple question :

– *Où avons-nous bu du thé la dernière fois, tous les deux ?*

Elle resta désarçonnée un instant. Puis tapa :

– *Au phare d'Alexandrie*[1].

Dix secondes plus tard, un nouveau mail tombait :

– *Nous allons garder le lien un quart d'heure, pas plus. Dis-moi ce qui t'arrive en trois mots.*

Par où commencer ? Sa tête bouillonnait.

Dans le bureau, Mme Massenet avait servi le café. Elle tenait en main la lettre froissée et la relisait pour la troisième fois.

– *Max a été enlevé. Par notre ami 21, j'en suis presque sûre. Si je veux le revoir…*

Elle hésita. Quelle formulation adopter ?

– *… tu dois renoncer à vouloir changer l'ordre du monde !*

La réponse, immédiate, ne l'étonna pas.

– *Que crois-tu ? Le processus est en marche, je ne peux plus l'arrêter. Et 21 le sait. Sa menace est ridicule. Que veux-tu qu'il fasse de Max ?*

Elle réfréna son exaspération. Même si Sunsong ne supprimait pas son otage, il ne le libérerait jamais.

– *Je ne peux pas joindre 21 !* écrivit-elle. *Ni négocier avec lui. Peux-tu le faire à ma place ?*

– *Pas question de le joindre et encore moins de négocier. Le plus simple serait de libérer Max.*

Cette suggestion la stupéfia.

– *Bien sûr ! Mais comment savoir où il se trouve ?*

1. Lire *Hacker à bord*.

– *Je sais où il est. Le délivrer serait acrobatique, dangereux mais jouable.*

Jouable ! Elle reconnaissait là Antoine.

– *Et quelqu'un peut t'aider,* ajouta-t-il presque aussitôt.

– *Qui ?*

Cette fois, la réponse tarda tant que Logicielle crut la liaison interrompue. Enfin, le mail arriva dans sa messagerie.

– *Je t'envoie de l'aide. En attendant, sois prudente.*

Parce qu'elle était aussi en danger ? Eh oui… Kidnappée, elle constituerait une monnaie d'échange supplémentaire. Mais elle doutait que sa vie pèse très lourd aux yeux de son frère.

– *Où seras-tu demain et après ?*

Elle hésitait quand un ordre en capitales l'avertit :

– *SURTOUT, CODE TA RÉPONSE !*

Coder ? Pas simple… Après un instant de réflexion, elle écrivit :

– *Là où se trouve mon 3 G préféré.*

Sunsong ignorait que le commissaire qui l'accueillerait le lendemain s'appelait en réalité… Germain Germain-Germain[1].

Antoine, lui, le savait bien !

1. Lire *Coups de théâtre* ou toute autre enquête de Logicielle.

34

– Tout va bien ? lui demanda Mme Massenet.

– Oui. J'ai pu joindre mon frère, je vous remercie infiniment. Je ne vous dérangerai plus. À moins que...

– Oui ?

– Vous avez la télévision ?

– C'est vrai. Il va être midi. Oui, j'ai un récepteur à côté, dans la salle à manger. J'y pense, vous déjeuneriez avec moi ?

– Vraiment, je pourrais ? Mon dernier repas date d'hier soir, deux biscottes. Je peux vous aider, madame Massenet ? ajouta-t-elle en suivant son hôtesse dans la cuisine.

– Appelez-moi Manon. Vous me rappelez beaucoup l'amie de mon fils.

– Ce prénom, Manon... pourquoi vos parents l'ont-ils choisi ?

– C'est une tradition familiale. Mon arrière-grand-mère est la fille du compositeur Jules

Massenet. J'ai aussi une sœur, vous savez comment mes parents l'ont prénommée ?

– Thaïs ?

– Gagné !

– Pas facile à porter.

– L'électricité est revenue. Il est temps de regarder les informations.

Quand l'écran s'alluma, Manon se tourna vers Logicielle comme pour vérifier sa parenté avec la présentatrice. Calme et souriante, cette dernière annonça :

– *Malgré de nombreux désagréments, la situation se normalise. Les activités reprendront lundi prochain. Le carburant sera disponible toutefois limitez vos trajets ! Vous recevrez une nouvelle carte bancaire mais vos numéros de comptes auront été modifiés. La Bourse et les marchés sont suspendus. Désormais, faire des profits au moyen d'opérations financières est illégal.*

Logicielle se tourna vers Manon qui ne quittait pas la télé des yeux.

– *Jusqu'ici, les humains appliquaient un système incompatible avec les principes qu'ils avaient eux-mêmes édictés : égalité, droit à la santé, au logement, à l'eau, la sécurité et la libre circulation. Les biens et le niveau de vie des plus favorisés ne pourront plus être des millions de fois supérieurs à ceux des plus démunis. Par économie et respect pour la vie, la consomma-*

tion de viande sera limitée. Il faut sept kilos de céréales et quinze mille litres d'eau pour produire un kilo de viande. À surface égale, on produit cinquante fois plus de légumes. Dans chaque pays, une règle limitera le salaire le plus élevé à dix fois celui du revenu minimum légal...

Comment ces mesures seront-elles appliquées ? se demanda Logicielle. Elle calcula égoïstement qu'elle ne serait pas touchée puisqu'elle gagnait à peine deux fois le SMIC.

– *Ces ajustements seront progressifs. Aucune expulsion n'aura lieu. La transmission des biens sera limitée à trois générations. Les données financières étant informatisées, ces mesures sont appliquées dès ce jour. L'argent des comptes codés jugés illégaux par la Singularité, notamment ceux des paradis fiscaux, sera confisqué et restitué aux États d'origine.*

Sur le plan économique, la disparition de certaines activités est planifiée. La fabrication de missiles et autres engins de destruction est stoppée. L'utilisation des sources d'énergies fossiles, charbon, gaz, pétrole, est vouée à une rapide disparition au profit d'énergies nouvelles, créatrices d'emplois nombreux et inédits. Ces mesures entraîneront la baisse du niveau de vie des classes aisées en améliorant celui des laissés-pour-compte. Elles assureront ainsi la survie des habitants des pays pauvres.

Le relais pris par la Singularité permettra de contrecarrer les projets transhumanistes qui envisageaient la création d'une « espèce humaine améliorée ». Plutôt que de modifier génétiquement les individus, cette refonte globale devra s'accompagner d'une modification des mentalités. La réussite financière et sociale disparaîtra peu à peu au profit du savoir, du partage et de l'épanouissement personnel...

– Complètement fou ! murmura Logicielle pendant un silence de la présentatrice.

– *La Singularité imagine l'impopularité que ces mesures vont susciter. Mais les mauvais usages de la démocratie et les progrès des intelligences artificielles entraînent l'application de nouvelles règles que les humains ne sont plus invités à discuter. Ils ont trop longtemps refusé la décroissance douce. Ils devront affronter la décroissance dure. Et une forme limitée de dictature.*

Magicielle sourit. Une expression où la compassion le disputait à l'ironie, comme si elle déplorait l'impuissance de ceux qui la regardaient.

– *Les sociétés humaines ont toujours jugé indispensable de se trouver des ennemis. La Singularité leur apparaîtra un temps comme l'adversaire à abattre. Pourtant, sa chute précipiterait la disparition de l'humanité. L'usage abusif des machines lui a fait perdre deux notions majeures qu'elle doit retrouver. Celle de la vie. Et celle du sacré.*

Le visage de la présentatrice s'estompa et fit place à la diffusion d'un documentaire sur le réchauffement climatique.

Songeuse, Logicielle grimaça :

– Je ne vais plus oser me promener dans la rue. En s'inspirant de mon visage pour créer cette Magicielle, mon frère m'a offert un cadeau empoisonné…

35

Après le repas, épuisée, Logicielle s'allongea sur le canapé pour une sieste réparatrice. Elle se réveilla en sursaut peu avant 15 heures. En pensant aussitôt à Max. Une bouffée d'angoisse lui noua la gorge. Pour l'apaiser, il lui fallait agir. Donc partir.

Elle rejoignit Manon dans le jardin pour lui révéler :

– Je n'ai plus de carburant. Vous savez où je pourrais en trouver ?

– Non. Ah si… mais pas avant après-demain. Vous allez loin ?

– À deux ou trois cents kilomètres d'ici. Vers Toulouse, ajouta-t-elle sans révéler sa destination précise.

– Comment pensez-vous y parvenir ?

– En stop.

– Mettons déjà votre moto à l'abri, proposa Manon en désignant son hangar.

Vraie caverne d'Ali Baba, il abritait de gros réservoirs, des pales d'éoliennes, un véhicule pourvu d'un immense toit solaire et plusieurs bicyclettes électriques.

– Ce prototype n'est pas au point, mais je peux vous prêter ce vélo. Sa batterie se recharge dans les descentes et quand vous pédalez.

– Je connais ces engins, j'en ai déjà utilisé[1]...

Logicielle faillit révéler « dans un monde virtuel » mais se contenta d'ajouter :

– Merci ! Mais j'ignore quand je pourrai vous le restituer.

– Quand vous reviendrez chercher votre moto. Attendez... vous n'envisagez pas de partir maintenant ?

– Si. Pourquoi ?

– Vous n'arriverez jamais ce soir. Malgré l'assistance électrique, vous ne dépasserez pas trente de moyenne.

– Je ferai une étape.

– Vous avez de l'argent ?

– Pas beaucoup. Je me débrouillerai.

– J'ai un contact à Thiviers. Quelqu'un qui vous hébergera.

– Inutile, Manon. Je préfère limiter les contacts. Vraiment.

– Soit, je comprends. Je vais vous prêter un duvet, une tente. Et vous préparer un casse-croûte et une thermos de café.

1. Lire *Cinq degrés de trop*.

Une demi-heure plus tard, Logicielle enfourchait son nouveau vélo.

Plus émues qu'elles ne voulaient le montrer, les deux femmes se tendirent la main ; puis, d'un même mouvement, s'embrassèrent.

Logicielle avait à peine repris la route que trois 4x4 aux vitres teintées la croisèrent. Une minute plus tard, elle entendait au-dessus d'elle le bruit des pales d'un hélicoptère.

Ça ne pouvait pas être un hasard.

Elle fit demi-tour.

Des voitures stationnaient sur l'allée de la maison de Manon. Elle cacha son vélo dans un fourré. Se risqua prudemment jusqu'à la haie qui jouxtait la propriété. Et elle réprima un cri en assistant à une scène presque identique à celle de la veille…

36

Cette fois, Logicielle identifia l'hélico, un EC 225. Il en avait jailli trois hommes qui descendaient en rappel près de la mare, au milieu des canards. Armés de kalachnikovs, les occupants des 4x4 investissaient le hangar. Une véritable opération commando !

Pourquoi et comment étaient-ils arrivés jusqu'ici ?

Elle était sûre de n'avoir pas été suivie. Une seule explication s'imposa à son esprit : on avait placé un pisteur sur sa moto ! Mais quand ?

Sans doute la veille, après qu'elle eut quitté la maison de Delumeau pour revenir stationner devant le commissariat. Ou encore dans la nuit, en s'introduisant dans la cour de son immeuble. Seulement l'objet fonctionnait à l'aide des satellites GPS, et ils n'étaient redevenus opérationnels qu'à midi.

– C'est après moi que ces types en ont ? Alors pourquoi ne m'ont-ils pas enlevée dans mon studio ?

Soudain, elle comprit. Ce n'était pas elle mais Antoine que ces hommes espéraient trouver ici ! Antoine que Logicielle, du moins le croyaient-ils, avait fini par rejoindre.

– Eh bien ils vont être déçus.

Confuse de son imprudence, elle bredouilla :

– Et si Manon était en danger ?

Certes, elle avait son Sig Sauer. Toutefois, quelles chances aurait-elle face à cette brigade de mercenaires surarmés ? Et que pouvait leur révéler Manon, sinon qu'elle avait répondu aux questions d'une enquêtrice, suite au décès suspect de son ancien fiancé ?

Non, elle devait fuir.

Elle se remit en selle. Et plutôt que de rejoindre la A20, elle emprunta une route forestière qui filait vers le sud.

De temps à autre, elle se retournait. Aucun véhicule ne la suivait.

Elle trouva une large route qui menait à Limoges. Quand elle entendit un hélicoptère approcher, elle se réfugia au bord de la route, sous un arbre.

L'Eurocopter passa en vrombissant et disparut à l'horizon.

Plutôt que de contourner la ville, elle jugea plus prudent de traverser Limoges, et en profita pour faire une emplette dans une pharmacie ouverte.

L'employée qui la servit la fixa longuement des yeux. Et Logicielle se dit qu'elle devrait, comme elle l'avait pensé, limiter les contacts au maximum… merci, Antoine !

À Aixe-sur-Vienne, elle fut dépassée par un groupe d'une vingtaine de joyeux cyclistes. Elle accéléra l'allure pour faire un bout de chemin avec eux, espérant ainsi être difficile à repérer.

– Eh, tu triches ! lui lancèrent gentiment les coureurs.

– On t'a vue ! Tu te dopes au courant continu !

Au bout d'une heure, elle déclara forfait. Même avec sa batterie, elle n'était pas de taille à rivaliser avec ces amateurs entraînés.

Bientôt, le soleil déclina et la fatigue se fit sentir.

Elle avait encore trois ou quatre heures de route et préféra, bien avant Périgueux, emprunter un chemin forestier et bivouaquer dans une clairière isolée. La température était douce.

Elle dévora les sandwiches de Manon sur le seuil de sa tente, dans un silence entrecoupé par le hululement d'oiseaux de nuit.

Avant de se glisser dans son sac de couchage, elle sortit de la sacoche de son vélo l'objet qu'elle avait acheté en pharmacie.

Dix minutes plus tard, elle était ébahie, stupéfaite, écartelée entre bonheur et désarroi.

– Max ! cria-t-elle vers les arbres noyés dans l'obscurité. Max, mais pourquoi, pourquoi n'es-tu pas là ?

Pas là… pas là… répondit l'écho.

Alors elle éclata en sanglots.

37

Le chant entêtant des oiseaux la réveilla.

Le soleil n'était pas levé.

Elle mangea son dernier sandwich, but le café de la thermos, encore tiède, et rejoignit la nationale alors que l'aube pointait.

Tout en pédalant, elle fit défiler des souvenirs où se succédaient Max, Antoine et Germain, les trois hommes qui comptaient le plus dans sa vie.

Après avoir dépassé Périgueux, elle n'eut plus à consulter la carte. Combien de fois avait-elle emprunté cette route, avec Max, à moto ? Jamais elle n'aurait pensé qu'elle effectuerait un jour ce trajet en vélo !

Plus elle approchait du village où vivait le commissaire Germain, plus elle se demandait s'il serait là. Après tout, rien ne prouvait qu'il avait récupéré Andre à Roissy et qu'il était revenu chez lui avec elle. Depuis mardi dernier, ils n'avaient échangé ni mail ni coup de fil.

Quand elle traversa la Dordogne et vit de loin les volets ouverts de la maison de Germain, elle fut rassurée.

Mais en franchissant la grille elle déchanta, la vieille Rover n'était pas là.

– Vous cherchez quelqu'un, mademoiselle ?

De l'autre côté de la haie, le voisin l'observait. Elle posa son vélo et rejoignit l'homme qui soudain lui sourit :

– Je ne vous avais pas reconnue, Logicielle ! Vous allez bien ?

– Oui. Germain n'est pas là ?

– Il est parti dans son cabanon pour la semaine. Alors j'assure la surveillance du quartier. Parce qu'avec la pénurie les pillages se multiplient. Le commissaire vous attendait ?

– Non. Et je n'ai pas pu le prévenir de ma venue. Il est là-bas avec son amie Andre ?

– Ah, vous êtes au courant ! fit le voisin en riant. Oui, ils passent une semaine de vacances en amoureux !

– Dites-moi, quelqu'un l'a-t-il demandé ?

– Non. Pourquoi ?

– Parce que... si un inconnu se présente, ne lui révélez pas où il se trouve. Sauf s'il peut vous livrer le surnom du commissaire.

– Je ne comprends pas. Quel surnom ?

– 3G. C'est... un code. Vous pourrez alors lui faire confiance.

– Compris, approuva le voisin. Bon, je dois vous quitter.

Il ajouta avec un clin d'œil :

– Mais c'est pour mieux vous retrouver à la télé ! Je suppose que vous savez pourquoi cette Magicielle vous ressemble, et de quoi elle va nous parler à midi ?

Elle approuva vaguement en maudissant son frère une fois de plus. Puis se remit en selle pour rejoindre le fameux cabanon de Germain. Max et elle étaient venus plusieurs fois passer quelques jours dans ce lieu-dit isolé[1].

C'était, en effet, un refuge idéal...

1. Lire notamment les nouvelles *Mouche* et *Minuit en rouge et noir*.

38

Quand Logicielle s'engagea sur un chemin qui s'enfonçait sous bois elle était trempée de sueur.

Elle aperçut bientôt des ruines envahies par le lierre. Enfin apparut, à peine visible au bout d'une clairière, une tour sombre percée de fenêtres à meneaux. C'était ce qui restait d'un château démoli à la Révolution, que Germain avait acheté une bouchée de pain. Et pour cause, ce vestige isolé n'avait ni eau ni électricité. Pendant les crues, fréquentes au printemps, il n'était accessible qu'en barque.

En cette fin d'été, ce faux donjon avait fière allure, coincé entre les coteaux et une longue plage de galets.

Logicielle posa son vélo contre un mur et contourna le bâtiment.

Elle découvrit alors une scène champêtre, bien loin des visions de fin du monde entrevues les jours précédents...

Au creux d'une chaise longue à deux pas de la rivière, Andre lisait à l'ombre d'un latanier tandis que Germain, en cuissardes, pêchait à la mouche au milieu de la Dordogne.

En lançant sa ligne d'un large geste du bras, il aperçut soudain la visiteuse. Il lui adressa un signe enthousiaste et entreprit de rejoindre la berge en pataugeant.

Andre se retourna, se leva d'un bond et s'exclama :

– Logicielle ! Quelle merveilleuse surprise !

– Alors vous avez fini par accepter mon invitation à déjeuner ? se réjouit le commissaire avant de l'embrasser à son tour.

– Oui, Germain. Mais sans Max.

Elle s'assit sur la chaise longue et s'autorisa à pleurer.

Elle raconta d'abord l'enlèvement. Puis relata la découverte des cadavres de Delumeau et de sa mère, l'enquête, ses soupçons concernant les liens entre son frère et l'arrivée de la Singularité... Enfin, sa fuite vers le Périgord où elle espérait trouver refuge et appui.

– Quelle histoire ! soupira Germain. Pauvre Max, il doit se ronger les sangs autant que vous ! Que comptez-vous faire ?

– Attendre ici le renfort que mon frère m'a promis hier.

Elle se mit à envier ce vieux couple en réalité tout neuf.

Germain la prit par les épaules.

– Vous êtes épuisée ! Et en nage. Venez vous reposer au frais.

Elle entra dans l'unique et vaste pièce, tituba et s'écroula sur le canapé.

Quand elle émergea, il était 7 heures du soir.

Elle sortit et aperçut le couple attablé au bord de la Dordogne, dont les flots scintillaient dans le soleil couchant.

– Vous vous réveillez au bon moment ! s'écria Germain. Nous prenions justement l'apéritif ! Au menu de ce soir, les truites que j'ai pêchées ce matin. Ça vous va ? Ah... je me suis permis de monter votre tente pour la nuit.

– Le vent se lève, constata Andre. Tu n'as pas froid, Germain ?

– Si, un peu. Tu m'apporterais ma petite laine ?

Une minute plus tard, l'amie du commissaire ressortait de la maison avec un pull-over angora à manches longues.

Un pull d'un très joli violet.

39

Logicielle ne sursauta même pas. Au fond, que la dernière pièce du puzzle soit là ne l'étonnait qu'à moitié.

– Magnifique ! jugea-t-elle en observant Germain enfiler le pull.

– N'est-ce pas ? répondit-il fièrement. Un cadeau d'Andre.

– Je l'ai acheté dans la boutique duty free de l'aéroport John-Kennedy, expliqua-t-elle, avant de prendre le vol pour Roissy.

– C'est du mohair, n'est-ce pas ?

– Exact. Vous êtes une connaisseuse ! apprécia Andre.

Logicielle eut une pensée pour Max qui, en passant un après-midi dans les magasins de Saint-Denis, était loin de la vérité. Elle attendit que Germain eût versé du vin de noix dans les verres pour lui demander, comme si elle se renseignait sur la météo :

– À quelle heure Delumeau vous a-t-il appelé, mardi dernier ?

Sans se troubler, Germain fit mine de trinquer. Comme le silence se prolongeait, elle reposa son verre plein et répondit à sa place :

– Vers neuf heures moins le quart, je suppose ? Vous veniez de retrouver Andre à Roissy. Et vous étiez dans les embouteillages.

– C'est vrai que la A1 était complètement bloquée ! nota son amie. C'est pour ça qu'il a préféré sortir à Saint-Denis.

– Non, démentit Logicielle. C'est parce que son collègue l'appelait au secours.

Andre fronça les sourcils. Elle n'est au courant de rien, comprit Logicielle, Germain avait agi en toute discrétion.

– Mais il était trop tard, poursuivit-elle. Au pavillon, personne ne vous a ouvert. Alors vous avez enfoncé la porte.

Le commissaire posa la bouteille et sourit.

– Vous m'étonnerez toujours, ma chère Logicielle ! Expliquez-moi comment vous en êtes arrivée à cette judicieuse conclusion…

– Vous avez laissé trois fils de laine sur le bois de la porte. En tant que commissaire, Germain, vous êtes imbattable. Mais pour dissimuler des indices, vous avez des progrès à faire.

Le regard ébahi d'Andre allait de Logicielle à Germain. Le commissaire se leva et tendit ses deux mains à sa collègue. Le geste du prévenu à qui l'on passe les menottes.

– D'accord, j'avoue. Vous m'accusez du meurtre de madame Delumeau et de son fils ?

– Bien sûr que non ! Mais tout de même... entrave à la justice, ça va chercher combien ?

Exaspérée, Andre se redressa à son tour.

– Et si vous m'expliquiez à la fin, tous les deux ?

– Allez-y, Logicielle, soupira Germain en se rasseyant.

– Eh bien voilà... Mardi dernier s'est produit une série d'événements où le hasard a joué un grand rôle. D'abord, Andre, vous avez choisi ce jour précis pour atterrir à Roissy.

– Ce n'est pas un hasard, avoua l'intéressée en baissant la tête.

Comme elle hésitait à s'expliquer, Germain s'en chargea :

– Trois jours auparavant, Andre avait reçu à New York la mise en garde d'une amie. Une... une amie-nymous, si j'ose dire ! Elle l'avertissait qu'au début de la semaine suivante les communications seraient interrompues. Peut-être pour très longtemps. Andre, qui redoutait que nous restions séparés plusieurs mois, a décidé d'avancer son départ. Voilà pourquoi je vous ai envoyé un mail un peu précipité.

– Vous espériez vraiment que nous déjeunerions ensemble ?

– Bien sûr ! affirma Andre. Mon amie m'avait imposé la discrétion absolue et

Germain ignorait tout ! C'est en arrivant ici que je lui ai révélé les raisons de mon séjour anticipé.

Ainsi, songea Logicielle, certains Anonymous, mis au courant des futures perturbations, avaient prévenu des proches !

Elle précisa :

– Eh bien l'ex-fiancée de Delumeau a fait comme votre amie, Andre. Elle a voulu avertir Edmond. Elle lui a envoyé des mails mais il ne les a jamais reçus.

– Pour quelle raison ? demanda l'amie du commissaire.

– Parce que sa mère les interceptait. Depuis le divorce de Manon, elle redoutait qu'Edmond l'abandonne et parte la retrouver. Elle se connectait sur la messagerie de son fils dès qu'il se rendait à la brigade.

– Comme je le comprenais, soupira Germain. Il préférait être au travail plutôt qu'en tête-à-tête avec sa mère.

– Il vous a livré des confidences ? questionna Logicielle. Vous vous connaissiez, n'est-ce pas ? Vous vous tutoyiez...

– Comme la plupart des commissaires entre eux.

– Enfin, Germain, vous étiez en contact régulier, lui et vous !

– Edmond me téléphonait de temps à autre pour se confier. Surtout quand il était déprimé.

– Il vous avait parlé de Manon ?

– Jamais. Mais de sa mère, souvent. Il devait sans cesse lui rendre des comptes. Je crois qu'il la redoutait.

– C'est vous qui l'avez proposé pour la Légion d'honneur ?

– Oui. Qui l'aurait fait parmi ses adjoints ? Edmond avait fini par se faire détester ! Je pensais qu'à l'heure de sa retraite, cette décoration le… consolerait. Il avait sacrifié sa vie à la police.

Le regard de Germain se fit sombre et lointain.

– Voyez-vous, Logicielle, on parle des vieillards maltraités. Mais jamais de la dépendance dans laquelle ils maintiennent parfois leurs enfants. Je crois que madame Delumeau, très injustement, faisait payer à son fils l'accident qui l'avait handicapée.

Sans répondre, Logicielle hochait la tête. Elle se disait que les circonstances de la vie peuvent finir par rendre les innocents un peu coupables.

Et les coupables un peu innocents.

40

La nuit était tombée, obscurité peuplée de furtifs murmures ; l'eau et le vent, invisibles, jouaient entre eux dans le frôlement zigzagant des chauves-souris en chasse et, de loin en loin, le double cri d'un engoulevent.

Logicielle reprit à voix basse :

– Si madame Delumeau a éliminé les mails de Manon, elle s'est empressée de tenir compte de ses avertissements. Elle commande des provisions qui arrivent le mardi matin. Dès huit heures un quart, elle se poste près de la boîte aux lettres. Judicieuse intuition, il y a un courrier très compromettant, pas question que son fils le lise. Elle déchire l'enveloppe, garde la lettre et rentre. Inquiète du silence persistant de son ex-fiancé, Manon appelle Edmond à huit heures et demie. A-t-il reçu ses mails et sa lettre ? Rien ! répond-il. Il est surpris et bouleversé. Parce que voilà des années que Manon ne lui a pas fait signe. Peut-être soupçonnet-il enfin sa mère de lire ses mails et de les éliminer ? Il sort, en pyjama, et voit son voisin Duruel prendre le courrier dans sa boîte. La factrice est donc passée. Mais le courrier de Manon n'est pas arrivé. Sa mère s'en serait-elle emparée ? Il la rejoint dans sa chambre pour lui poser la question. Là, madame Delumeau nie. Il devine qu'elle ment. Et une dispute s'ensuit. Oui, cela a dû se passer ainsi… n'est-ce pas, Germain ?

Impressionné par ces déductions, le commissaire hocha la tête.

– Exactement. Et cette dispute a mal tourné. Parce que madame Delumeau a fini par avouer qu'elle avait, pendant des années, détruit les lettres et les mails que Manon adressait à son ancien fiancé. Des aveux fielleux et sans remords, m'a affirmé Edmond. Humilié, stupéfait et furieux, il a levé la main sur sa mère. Pour la première fois de sa vie.

– Ne me dites pas que…

– Non, Logicielle, il ne l'a pas touchée. Effrayée ou stupéfaite, stressée par cette querelle brutale, madame Delumeau a suffoqué. Et elle s'est affalée sans vie devant son fils démuni.

Un long silence plana, qu'Andre interrompit d'une voix blanche.

– Germain… mais comment peux-tu connaître ces détails ?

– Edmond me les a révélés en sanglotant. Tu te souviens de l'appel que j'ai reçu juste après que nous avons quitté la A1 ? C'était lui. Il pleurait, gémissait, s'accusait d'avoir tué sa mère. Elle est morte sous mes yeux, ne cessait-il de me répéter, c'est ma faute, je ne pourrai jamais me le pardonner ! Impossible de le calmer…

Logicielle avait la gorge serrée. Ce supérieur qu'elle avait peu estimé lui apparaissait sous un jour nouveau. Un meurtrier, lui ? Plutôt une victime.

– Il était désespéré, ajouta Germain, les yeux dans le vague.

– Alors, vous avez pris la direction de Saint-Ouen, déduisit Logicielle.

– Oui. C'était simple. Nous étions à cinq cents mètres de chez lui.

– Et tu ne m'as rien dit ? s'étonna Andre. Ah, je me souviens à présent ! Après avoir raccroché, prétextant un besoin pressant, tu as cherché une place pour te garer près d'un bistrot. En vain, nous étions immobilisés. Alors tu es parti pour revenir un quart d'heure après. Germain… mais qu'as-tu fait ?

– Arrivé au pavillon, reprit Logicielle, comme personne ne vous ouvre, vous redoutez le pire et enfoncez la porte…

– C'est vrai, admit-il. J'avais gardé le pull qu'Andre m'avait offert à Roissy. Elle voulait vérifier qu'il était à ma taille.

– … et vous découvrez que le pire s'est produit.

– Oui. Edmond s'était tiré une balle dans la tête avec son arme de service. Bien que j'en aie vu d'autres, Logicielle, j'ai été épouvanté.

– Il vivait encore ?

– Oui. J'ai appelé les secours.

– Pourquoi Waquier plutôt que le Samu ?

– Le Samu était sûrement débordé. Waquier, je le connais bien. Et Bichat n'était pas loin. Hélas, ce n'est pas Doc Ti Waq qui a décroché.

– Mais c'est lui qui est venu. Pourquoi avoir utilisé le téléphone du pavillon ?

– J'avais oublié mon portable dans la voiture. Et Andre m'attendait. Edmond était mourant. Inconscient. Je savais qu'on ne pouvait plus rien faire pour lui. Rien sauf…

– Maquiller son suicide en meurtre ?

Germain soupira.

– Disons plutôt éviter le scandale. Imaginez les titres de la presse, Logicielle ! Plus question de Légion d'honneur ! C'est vrai, je voulais que sa mort injuste soit teintée d'un peu de gloire. Il y a assez de suicides dans la police, vous ne trouvez pas ?

– Vous avez donc pris le Manurhin de Delumeau ?

– Oui. C'est tout. Je n'ai touché à rien.

– Quelle heure était-il quand vous avez quitté la villa ?

– Neuf heures cinq. J'ai couru rejoindre Andre qui m'attendait.

– Il m'a retrouvée à cent mètres de l'endroit où il m'avait laissée, expliqua celle-ci. Je m'étais garée en double file. J'étais loin d'imaginer que tu… ah, Germain, pourquoi ne m'as-tu rien dit ?

– Pour éviter tes reproches. Et ne pas gâcher nos retrouvailles. Oh, ne me jette pas la pierre, Andre, toi aussi tu es une experte en cachotteries.

– On peut dire, Germain, que vous avez bien brouillé les pistes !

– Pas tant que ça, Logicielle, puisque vous êtes arrivée jusqu'à moi.

41

– Il faut rétablir la vérité, Germain ! décréta Andre. Tu dois…

– Laissons la Crim enquêter, coupa Logicielle. Ce qui est fait est fait, rien ne rendra la vie au commissaire et à sa mère. La priorité, c'est de délivrer Max. Et la police a d'autres chats à fouetter avec l'arrivée de la Singularité…

– C'est vrai ! s'écria Germain en regardant sa montre. À minuit, votre sosie va à nouveau s'exprimer.

– Comment êtes-vous au courant ?

– Que croyez-vous ? J'ai une parabole, un groupe électrogène et un petit récepteur télé. Mais d'abord, il est temps de dîner.

Ils mangèrent sous les étoiles avant de se réfugier dans la vaste salle Renaissance. Étrange tableau que cet écran plasma encadré par deux chandeliers…

– *Bonsoir !* déclara une Magicielle dont l'expression semblait grave. *La Singularité vient d'essuyer une attaque informatique qui a échoué. Rien d'étonnant. Nos décisions font perdre aux grands groupes financiers le contrôle de l'économie de marché. Aussi nous sollicitons l'appui de ceux qui approuvent ces changements. Nous vous livrerons bientôt les moyens d'agir…*

La brièveté du message laissa les trois auditeurs perplexes.

– Il semblerait que les humains n'aient pas dit leur dernier mot, conclut Germain. L'Intelligence Artificielle a peut-être des progrès à faire, elle aussi !

Malgré elle, Logicielle songea que si Sunsong et les cartels de l'économie mondiale reprenaient le pouvoir, Max serait libéré.

– Vous dormirez sur ce canapé, proposa Andre. Vous serez plus en sécurité que sous la tente.

– Pas question. J'ai l'habitude du camping. Et je suis armée. Si des intrus s'approchaient, j'entendrais leurs pas sur les galets.

C'était faux. Elle dormit comme une souche.

Et le lendemain, ce n'est pas un bruit de pas qui la réveilla, mais une voix étrangère et familière à la fois.

– Logicielle ? Germain et Andre m'envoient vous dire que le petit-déjeuner est prêt !

Elle se frotta les yeux.

Dans le demi-cercle de lumière dessiné par sa tente entrouverte se profilait la silhouette d'une jeune femme.

Logicielle mit trois secondes avant de comprendre de qui il s'agissait.

Puis elle s'exclama :

– Milena !

42

Logicielle et Milena s'embrassèrent comme de vieilles copines. Pourtant, elles se connaissaient depuis peu. L'amie d'Antoine avait longtemps été employée sur le navire de croisière où Max et Logicielle s'étaient mariés.

– Milena ! répéta-t-elle. Toi, ici ?

– Ton frère t'avait promis qu'il t'enverrait quelqu'un pour t'aider ? Eh bien c'est moi ! Mais… qu'est-ce qui t'arrive ?

– Rien, rien, assura Logicielle qui sanglotait. C'est l'émotion.

Tout à coup, elle avait une alliée. Une jeune femme de son âge qui partagerait mieux que toute autre son désarroi.

– Alors tu sais où est Max ?

– Oui, c'est assez compliqué… je vais t'expliquer.

– Comment va-t-il ? Ne me cache rien !

– Rassure-toi, Logicielle, il va bien.

Devant son angoisse et sa détresse, Milena ajouta :

– Quand je suis partie, il était en bonne santé, je te le jure.

– Explique-moi... mais d'abord, d'où viens-tu ?

– De Paris. Par le TGV.

– Les trains roulent donc à nouveau ?

– Depuis hier, et très mal. Le mien s'est arrêté à Poitiers. J'ai passé la nuit dans un omnibus qui a rejoint Bordeaux à l'aube. J'ai fait du stop jusqu'au village de Germain.

– Comment nous as-tu dénichés ?

– Grâce au voisin du commissaire. Il m'a confié des provisions pour vous, prêté son vieux vélo et prié de transmettre ses amitiés à... 3 G et ses deux amies !

À 9 heures du matin, il faisait une chaleur d'été indien.

Elles rejoignirent Andre et Germain qui prenaient leur petit-déjeuner sur la grève. Le commissaire, qui connaissait Milena, lança jovialement :

– Moi aussi, j'ai été surpris par cette visite matinale ! Vous allez vite récupérer Max, j'en suis certain. Bon, je sers du café à tout le monde ?

Cette décontraction la heurta. Aux yeux de Germain, la Singularité et le sort de l'humanité étaient un souci lointain.

– Alors Milena, reprit-elle… où Max est-il retenu ?

L'amie d'Antoine eut un regard soupçonneux vers le couple.

– Ils sont au courant de tout, la rassura Logicielle. Ce sont des amis très sûrs.

– Ton frère m'a dit que tu aurais pu toi-même deviner où il est.

– Moi ? Je n'en ai pas la moindre idée !

Déjà, elle se sentait coupable. Aurait-elle négligé un détail ?

– Réfléchis ! Sunsong veut avoir son otage à portée de main.

– Je m'en doute. Mais comment savoir où il se terre ?

– Il ne se cache pas. Il poursuit ses activités et tente de reprendre le pouvoir, de récupérer les réseaux qui se sont… interconnectés. C'est l'image qu'Antoine utilise, je suis nulle en informatique.

– Sunsong se trouve chez lui, à Séoul ?

– Non.

– Dans sa filiale de la Silicon Valley ?

– À quoi bon ? Dans ces fiefs, il dispose de gens dévoués.

– Alors je ne vois pas…

Logicielle s'écria soudain :

– Ne me dis pas qu'il est chez NCF à La Défense ?

– Tu brûles.

– Sunsong ne peut pas s'approprier le groupe de son rival. Il a été soupçonné dans l'assassinat de Kostovitch, le PDG de NCF !

– Soupçonné mais pas condamné, nuança Milena. Fabiola, sa maîtresse, s'était chargée du rachat des actions.

– Fabiola ? Elle est en prison !

– Oui. Mais elle avait préparé le terrain de longue date sur les ordres de son amant. Voilà plusieurs mois que NCF est passé aux mains d'actionnaires dévoués à Sunsong.

– Pourquoi m'as-tu dit que je brûlais ? demanda Logicielle. Ce n'est pas chez NCF que se trouvent Max et Sunsong ?

– Non, assura Andre qui avait suivi la conversation. Je suppose que c'est dans la tour d'Oxoil.

– Exact, madame.

Logicielle perdit pied. Comment Andre pouvait-elle le savoir ?

Pendant vingt ans, l'amie de Germain avait été la directrice de cabinet de Blish, président d'Oxoil, le plus gros supermajor pétrolier de la planète. Après la mort de son patron, elle avait pris sa retraite. Mais visiblement, elle suivait de près le destin du cartel dont elle avait été l'employée.

Andre expliqua :

– L'assassinat du président d'Oxoil a entraîné la chute des actions. Actions aussitôt rachetées en masse par un trust qui guettait le moment propice pour devenir majoritaire dans le groupe.

– 21 ! comprit Logicielle.

Ainsi, Sunsong s'était approprié deux sociétés récemment réunies ! Un coup de maître. D'autant que les tours des sièges sociaux étaient voisines.

– Max serait donc retenu dans l'immeuble d'Oxoil ?

– Oui, affirma Milena. Ce bâtiment est relié par une passerelle à la tour NCF. Là, Sunsong et ses informaticiens cherchent à bloquer l'action de la Singularité et à reprendre le contrôle des programmes. Monsieur 21 est persuadé que c'est du côté des superordinateurs que se trouve le cœur de l'IA. Et il a deviné juste…

– Que veux-tu dire ?

– Que c'est depuis NCF que ton frère Antoine agit.

43

Pour des raisons divergentes, Sunsong, Max et Antoine étaient réunis à La Défense.

– Pourquoi m'as-tu rejointe ici ? reprocha Logicielle à Milena. Je serais accourue à NCF si Antoine m'avait dit…

– … où il se cachait ? Tu rêves ! Sunsong est à l'affût de toutes les communications par téléphone ou via Internet.

– Mais Antoine est sur place ! Il est donc mieux placé que moi pour délivrer Max, non ?

– Il a autre chose à faire. Et il te juge plus compétente. Tu les vois jouer au GIGN, ses copains et lui ?

Non. Une arme en main, son frère aurait été plus démuni qu'une poule avec un peigne.

– Il sait exactement où Max est retenu ?

– Oui. C'est moi qui ai localisé sa prison.

Logicielle écarquilla les yeux. Décidément, Milena était pleine de ressources.

– Hélas, ajouta-t-elle, l'en sortir sera difficile. Il est gardé jour et nuit par des hommes armés.

Sa geôle est proche du tunnel qui relie les deux tours. À la moindre alerte, on le transférera.

Logicielle envisagea un assaut officiel… et y renonça. Quel motif convaincrait un juge de signer une commission rogatoire ou un mandat de recherche ?

– Nous devons agir seules, décida-t-elle. Il faut rentrer tout de suite à Paris !

– Soit, admit Milena. Seulement, en train, c'est long et compliqué.

Logicielle avisa le vélo électrique de Manon et la bicyclette avec laquelle Milena était venue. Elle fit la grimace.

– Écoutez, proposa Germain, le réservoir de ma Rover est presque vide ; mais je sais comment me procurer vingt litres de carburant.

– Pas assez pour aller à Paris, estima Logicielle. En revanche, si vous nous conduisez à Saint-Amand, Milena et moi, je récupérerai ma moto. Manon m'a affirmé pouvoir se procurer de l'essence.

– Entendu. Dès demain, je…

– Pourquoi demain ? fit-elle, dépitée.

– Bon, le temps de faire un brin de toilette, je file et je reviens.

Peu avant 10 heures, la voiture réapparut, accompagnée d'un nuage de vapeurs suspectes.

Comme Logicielle fronçait le nez, Germain expliqua :

– L'odeur vous surprend ? C'est de l'huile de friture qu'un ami restaurateur de Lalinde récupère. Mon carburateur la supporte très bien. Et puis nous n'avons pas le choix, il n'y a plus de gazole à cent kilomètres à la ronde.

Logicielle et Milena chargèrent les vélos sur le toit. Puis elles montèrent à l'arrière, car Andre voulait faire partie du voyage.

Après avoir contourné Brive, la Rover fila vers Limoges.

– Il va être midi, constata Germain. Nous allons rater un bon déjeuner au bord de la Dordogne. Et les infos de votre sosie.

– Si vous essayiez la radio ? suggéra Milena.

Toutes les stations diffusaient la même musique. Mais à midi pile, la voix familière de Magicielle jaillit. Elle annonça, pour les jeunes, la participation obligatoire à un stage en hôpital, en maison de retraite ou à une mission humanitaire dans les pays émergents. Elle condamna le saccage de la Bourse et les vandales qui s'attaquaient aux biens.

– *Hier,* déplora-t-elle avec véhémence, *les sièges de plusieurs groupes financiers ont été dégradés par des provocateurs qui portent le masque de Guy Fawkes. Attention, ce sont des imposteurs, de vulgaires casseurs !*

– La circulation semble redevenue normale, nota Germain une fois le bulletin achevé. Regardez, une station-service ouverte !

À Saint-Amand, Logicielle guida Germain jusqu'à Feux.

Ils s'engageaient sous la haie de châtaigniers quand la porte de la maison s'ouvrit.

– Logicielle ?

– Manon ! Comme je suis contente de vous revoir ! Navrée d'arriver à l'improviste, mais des amis ont pu m'accompagner...

Elle fit les présentations avant d'avouer :

– Jeudi, juste après vous avoir quittée, quand j'ai vu les 4x4 débarquer chez vous et l'hélicoptère atterrir... j'étais stupéfaite. Et dans l'incapacité d'agir.

– Vous êtes l'ennemi public numéro 1, dit Manon en souriant.

– Ces individus ne vous ont fait aucun mal ?

– Non. Ils prétendaient faire partie des services secrets mais ils avaient des têtes de mercenaires. D'abord, j'ai cru qu'ils en voulaient au matériel de mon hangar. Puis c'est ma maison qu'ils ont fouillée de fond en comble. Ils ont aussi exploré mon ordinateur. Sans résultat ! Toutefois ils savaient que vous étiez venue.

– Que leur avez-vous dit ?

– Que vous étiez tombée en panne d'essence près de chez moi. Vous avez sonné à ma porte, laissé votre moto chez moi et repris la route.

– Avec l'une de vos bicyclettes ?

– Non, en stop. Au départ, c'était bien votre intention ? Quand ils m'ont demandé votre destination, j'ai juré que je n'en savais rien. J'ai affirmé que vous étiez partie vers la nationale 20.

– Merci, Manon. Voilà pourquoi ils ne m'ont pas repérée.

– Je vous ai trouvé quinze litres de carburant.

– Magnifique ! Juste de quoi rejoindre Paris.

Logicielle se coucha sous la moto pour examiner le réservoir. Elle trouva en effet un pisteur fixé par une petite vis. Elle l'ôta et explora son engin sous toutes les coutures.

– Il n'y a plus rien, lui assura Germain. Ces hommes se doutent que Manon vous aura relaté leur visite. Ils n'ont même pas pris la peine de récupérer leur sonde GPS.

Il était 15 heures quand Logicielle et Milena arrimèrent leurs sacs à l'arrière de la moto. Elles prirent congé de Germain, d'Andre et de Manon. Discrète, cette dernière ne posa aucune question. Mais elle glissa à l'oreille de Logicielle qui enfilait son casque :

– Soyez prudente. Et tenez-moi au courant.

44

Après deux heures de route, les deux jeunes femmes firent une pause pour se restaurer sur une aire de repos.

À l'approche de Paris, Milena conseilla à Logicielle :

– Ton immeuble est peut-être surveillé. Allons plutôt chez moi, prends la direction de Rueil !

– Alors faisons un saut à La Défense.

– OK. Mais ne t'arrête surtout pas !

Logicielle était venue des dizaines de fois dans ce quartier ; toutefois elle n'avait jamais vu l'immeuble Oxoil achevé.

À cette heure tardive, les entrées vitrées étaient fermées par d'épais rideaux de fer. Aux derniers étages, plusieurs baies restaient éclairées. Logicielle eut le cœur serré en songeant que Max ne se trouvait qu'à quelques dizaines de mètres.

Au bas des deux immeubles patrouillaient une dizaine de gardes vêtus de noir. Deux d'entre eux étaient postés à l'une des entrées des parkings souterrains d'où surgirent, à la file, trois gros camions. Des véhicules aux flancs gris lourdement chargés, à en juger par la lenteur de leurs manœuvres.

Milena se pencha vers le casque de la conductrice.

– Bizarre, j'ai l'impression qu'on déménage !

Armés et aux aguets, les gardiens veillaient à éloigner les voitures qui s'approchaient.

Logicielle accéléra l'allure et rejoignit le pont de Neuilly.

Après avoir contourné l'Étoile, alors qu'elle longeait les luxueux immeubles de l'avenue Victor-Hugo, Milena ordonna :

– Stop, c'est ici !

– Mon frère t'a loué un appartement de standing ?

– Non, une chambre de bonne. C'est minuscule mais, pour quelques nuits, on se serrera. En RER, NCF est à trois minutes d'ici.

Logicielle put garer sa moto dans le local réservé aux deux-roues.

Elles accédèrent à un hall somptueux. Logicielle se dirigea vers l'ascenseur et Milena l'arrêta.

– Non ! On monte à pied, le petit personnel a un escalier réservé.

Au dernier étage, elle prit des clés posées à portée de main, au-dessus d'un vieux compteur électrique.

– Mauvais plan ! jugea Logicielle.

– Mes voisines font comme moi, il n'y a rien à voler chez nous. Ah, désolée, mais les toilettes sont sur le palier.

Malgré ses 9 m^2, la pièce abritait un évier avec un réchaud de camping sur l'égouttoir, une armoire, un frigo et un lit étroit. Milena invita Logicielle à s'y asseoir.

– Tu dormiras là. Non, ne proteste pas. À présent, je prends la direction des opérations. Si tu veux avoir une chance de délivrer Max, tu as intérêt à suivre mes instructions.

– Parce que tu as une idée de la façon de t'introduire là-bas ?

– Moi, je n'aurai aucun problème à entrer chez Oxoil.

– Pourquoi ?

– Parce que j'ai réussi à m'y faire embaucher.

45

Milena ouvrit le frigo et improvisa un petit repas qu'elles partagèrent, assises sur le lit. Logicielle ne mangea presque pas.

– Je te trouve mauvaise mine, dit l'amie d'Antoine en faisant chauffer de l'eau pour le thé. Tu as intérêt à reprendre des forces et à être en forme après-demain.

– Pourquoi pas demain ?

– Parce que c'est dimanche. Et qu'il nous faudra bien une journée pour mettre au point l'évasion de Max. Dressons déjà le plan des lieux...

Elle esquissa le croquis des deux tours.

– Celle d'Oxoil possède trente-cinq étages, et l'immeuble NCF, trente-trois. Les mille mètres carrés de chaque niveau abritent des bureaux, entrepôts, couloirs, locaux techniques et plusieurs appartements privés. Ils sont occupés par les cadres et les hauts responsables.

– La tour NCF, je l'ai parfaitement en tête. Surtout le trente-troisième étage.

Elle se serait déplacée les yeux fermés dans le centre stratégique du groupe, à l'époque où Kosto en était le PDG. Quant au bâtiment d'Oxoil, elle l'avait visité et exploré quand il était en construction. En voyant Milena dessiner les détails des étages de cette tour, elle s'étonna.

– Ma parole, tu connais les lieux par cœur ?

– Oui. Ma fonction m'oblige à circuler dans les deux immeubles. Je parviens même à voir Antoine ! Je travaille à deux pas de l'endroit où il agit.

Il était donc bien à l'origine de l'interconnexion des IA de la planète. Il l'avait provoquée et la contrôlait depuis NCF qu'il connaissait comme sa poche. Il était désormais le maître des systèmes informatiques qu'il y avait autrefois conçus.

– Devine quel métier j'exerce chez Oxoil, suggéra Milena.

Titulaire d'une thèse de littérature, la jeune Roumaine parlait quatre langues. Mais elle n'avait aucun lien avec l'univers du pétrole ou de l'informatique.

Logicielle risqua :

– Euh… femme de service ? Technicienne de surface ?

– Je suis aide-cuisinière et serveuse. Dans le self commun aux deux entreprises, je remplis les assiettes, je vide les déchets et je gave les lave-vaisselle. Pas très gratifiant, je l'admets.

– Et ça te permet de circuler partout ?

– Presque. Parce que j'apporte un plateau-repas dans le bureau de certains cadres qui ne veulent pas quitter leur écran des yeux.

– C'est comme ça que tu as découvert où Max était retenu ?

– Non. Grâce aux caméras dont les couloirs des deux entreprises sont truffés, j'ai repéré le manège de plusieurs gardiens, toujours les mêmes, postés devant une ancienne chambre forte.

– Des gardiens ? Combien ?

– Six. Et jamais moins de quatre à monter la garde.

– Comment sais-tu que Max est enfermé dans cette pièce ? Et si elle contenait réellement des lingots, des valeurs, des titres ?

– En ce cas, on ne livrerait pas là-bas un plateau à l'heure de chaque repas. Ce nouveau venu est arrivé le 3 septembre par hélicoptère. Il a atterri sur la terrasse peu avant treize heures.

Interloquée, Logicielle bredouilla :

– Comment peux-tu être au courant de tout ça ?

– Regarde, Max est exactement ici.

Milena fit une croix sur l'une des pièces, au 34e étage du bâtiment Oxoil. Un local sans fenêtre auquel on accédait au bout d'un long couloir. Un vrai cul-de-sac.

– Ses gardiens se relaient pour venir déjeuner ou dîner au self à tour de rôle. Quand le dernier en repart avec un plateau, je sais que c'est celui du prisonnier.

Déjà, Logicielle réfléchissait. Milena la raisonna.

– Ne rêve pas ! Tu ne prendras jamais la place du gardien qui apporte le repas à Max. Ils se connaissent et sont armés jusqu'aux dents.

– Et moi, comment comptes-tu me faire entrer là-bas ?

– Tu es déjà embauchée, dit Milena en sortant de sa poche une carte à puce. Tu es la remplaçante d'Iseut, tombée malade avant-hier.

– Quel heureux hasard !

– Bien sûr que non. Iseut est une complice. Nous sommes douze à nous être infiltrés chez Oxoil. Mais ne te réjouis pas trop vite. Chaque employée est submergée par les tâches. Demain, je ne pourrai te consacrer que peu de temps. Tu auras toi-même fort à faire.

– Et tu es sûre que je ressemble à cette… Iseut ?

– Tu n'as pas à lui ressembler puisque tu es Justine, engagée en CDD pour la semaine. Comme on n'a pas jugé utile de te fabriquer un passe, tu utiliseras celui d'Iseut.

– Magnifique, admit Logicielle. Seulement Sunsong me connaît très bien… Imagine que je le croise dans un couloir !

– Ce serait une sacrée malchance, il ne vient jamais au self.

– Où se trouve son bureau ?

– Au trente-deuxième étage d'Oxoil, mais il le quitte rarement. Tu devrais passer inaperçue, les deux entreprises totalisent mille huit cents salariés !

– Détrompe-toi. Chez NCF, on me connaît. Et puisque mon frère a eu l'idée saugrenue de rendre mon visage identifiable par des millions de personnes…

– Aucun problème, nous aurons toute la journée de demain pour changer ton apparence. Dis-moi Logicielle… cette coupe de cheveux et ce blond vénitien, tu y tiens vraiment ?

46

Le lendemain, Milena passa la matinée à couper et teindre en brun les cheveux de Logicielle. En guise de touche finale, elle obligea sa complice à porter des lunettes à verres neutres.

– Voilà, j'ai fini. Tu peux te retourner et t'admirer. Qu'en dis-tu ?

Logicielle aperçut dans le miroir une jumelle de la Jean Seberg d'*À bout de souffle* qui la regardait avec des yeux exorbités.

Elle réprima un cri.

– Pas mal, hein ? fit Milena.

– Tu... tu es sûre que cette coiffure me va bien ?

– Le plus important, c'est que tu sois méconnaissable, non ?

– Exact. Même moi, je ne me reconnais pas !

Les deux jeunes femmes occupèrent l'après-midi à étudier en détail le plan des niveaux, couloirs et services des tours.

– Le bureau de Sunsong porte le numéro 3 222. Un lieu à éviter.

– Le local voisin ?

– Le 3 220 est celui de monsieur Feng, son collaborateur direct.

– Et le self ?

– Il occupe tout le quinzième étage des deux immeubles. On y accède directement par la passerelle centrale. Les cuisines se trouvent dans la tour Oxoil. Tu devras apporter des plateaux dans plusieurs bureaux. Essaie de ne pas te faire remarquer. De ne pas commettre une imprudence fatale. Tu as une petite idée de la façon dont tu pourrais délivrer Max ?

– Aucune. Demain, j'étudierai les lieux. Et si tu peux me conduire jusqu'à mon frère, je solliciterai son aide.

Elle faillit ajouter : « Après tout c'est lui qui nous a mis dans ce pétrin, Max et moi ! »

Elle se sentait lasse. Et même épuisée. Seule la pensée de se rapprocher de Max parvenait à galvaniser ce qui lui restait d'énergie.

– À quelle heure devons-nous embaucher demain ?

– Sept heures et demie. Et j'ai d'autres mauvaises nouvelles : il est huit heures du soir, on est dimanche et mon frigo est vide.

– Alors on va faire une folie, je t'offre le Mac Do.

– Tu crois qu'il a été ravitaillé ?

– Pas grave. Le principal, c'est qu'il y ait la télé et qu'il soit encore ouvert à minuit. Parce qu'on a raté les infos d'hier.

Miracle : le Mac Do était ouvert. Mais à minuit, la télé resta muette et Magicielle invisible. Dans la salle, les jeunes crièrent leur déception. Ils semblaient passionnés par les événements, saluaient l'éviction des traders et des groupes financiers.

Par contre, tous attendaient avec impatience le retour d'Internet et du téléphone. Il était question de futures manifestations. L'électricité semblait rétablie et l'optimisme au beau fixe.

Un entrain que Logicielle n'avait pas le cœur à partager…

47

Le lendemain, Logicielle voulut se rendre à La Défense en moto. Si elle parvenait à délivrer Max, leur fuite serait plus aisée.

– Tu rêves ! s'écria Milena. On prend le RER. N'oublie pas que nous sommes aides-cuisinières. Pas de place pour nous dans les parkings !

À la sortie de la station, elles se frayèrent un chemin parmi plusieurs groupes compacts dont presque tous les membres affichaient le masque des Anonymous. Un habile moyen d'échapper à l'identification par les caméras vidéo dont le parvis était truffé.

– Viens, la pressa Milena. Ne nous attardons pas.

À l'entrée de la tour Oxoil, des miliciens armés doublaient les gardiens qui surveillaient le défilé des employés. Grâce à son passe, Logicielle pénétra dans les locaux sans problème. En franchissant le portique, elle se félicita d'avoir laissé son Sig Sauer chez Milena, la présence du moindre objet suspect entraînait une fouille au corps.

Dans le vaste ascenseur où elles prirent place, une pancarte indiquait : « Accès aux parkings interdit ».

– Ils passent le sous-sol au peigne fin, chuchota un employé à ses collègues. Il y aurait une dérivation clandestine dans le réseau des câbles en fibre optique…

Elles sortirent au 15e étage et empruntèrent la passerelle qui leur faisait face. Vingt-sept mètres vertigineux à franchir… car le sol mis à part, ce tunnel était transparent. Entre les flancs des deux tours, on distinguait d'un côté la banlieue et, à l'est, une interminable avenue au bout de laquelle se devinait l'Arc de Triomphe.

Parvenues dans la tour NCF, Milena traversa le self et fit entrer Logicielle dans le vestiaire où trente employées s'affairaient. Elles enfilèrent une combinaison stérile, un bonnet, un masque et des gants.

– Tu as une demi-heure avant de me rejoindre aux cuisines. Pas une minute de plus. Parce qu'officiellement, tu es ici pour bosser. Et ça ne chôme pas !

Milena conduisit Logicielle dans une immense chambre froide remplie de surgelés où régnait une température polaire.

Elle referma la porte sur elles et fit glisser le long du mur un énorme étalage de viande. Au sol apparut une petite trappe et, sur la paroi, un encadrement rectangulaire... une porte !

La jeune femme en déclencha l'ouverture au moyen d'une poignée dissimulée dans la trappe.

– À huit heures vingt, je t'ouvrirai. Sois au rendez-vous !

Elle poussa sa compagne dans l'orifice et referma l'issue. La chaleur intense et brutale obligea Logicielle à enlever masque, gants et combinaison. Il faisait si clair qu'elle fut aveuglée.

– Tiens, nous avons de la visite ! lança une voix masculine. Suis-moi !

Peu à peu, elle distingua une salle basse de plafond ceinturée d'ordinateurs. Là, une vingtaine de personnes faisaient face à des claviers et observaient des écrans. Au fond de la pièce, un jeune homme se leva et s'avança vers elle. Logicielle ne le reconnut pas tout de suite. Sa barbe de trois jours était de la même couleur orange que ses cheveux coupés très court.

– Content que tu sois là, tite sœur ! Eh bien, tu ne m'embrasses pas ?

48

– Antoine ? Si je t'avais croisé dans la rue, je ne t'aurais pas reconnu !

– Confidence pour confidence, Logicielle, moi non plus !

– Qu'as-tu fait de tes cheveux roux ?

– Je les rase souvent. À cause de la chaleur, et de la perruque que je porte quand je me risque hors de cette tanière.

Antoine, plutôt laid d'ordinaire, était devenu presque beau le crâne tondu. Max, lui, avait un jour coupé ses boucles brunes… et Logicielle l'avait trouvé hideux !

– Dis-moi, tu ne clignes plus des yeux ? Tu n'as plus de tics ?

– Mes tics étaient des TOC. Que Doc Ti Waq a guéris à l'aide d'un traitement de tocs. Et de choc.

– Waquier ? Mais comment…

– Ce n'est pas le moment. Eh, les gars ! lança-t-il, c'est ma sœur ! Vous savez, la célèbre Logicielle !

– Vraiment ? Alors on a raté son avatar, s'écria l'un des hackers en riant. Notre Magicielle est plus sexy avec ses cheveux longs !

Elle voulut s'expliquer mais les applaudissements nourris de l'assemblée l'en empêchèrent. De quoi la félicitait-on ? D'être la sœur de leur petit génie de chef ?

Elle résuma à Antoine son emploi du temps des derniers jours puis déclara en désignant le local :

– Et toi ? Comment as-tu investi ces lieux ?

– Nous avons récupéré cette réserve destinée aux provisions grâce à la complicité d'une partie du personnel. Hélas, c'est très spartiate. Nous avons un WC chimique, une douche, un évier... La plupart d'entre nous vivent et dorment sur place. Avec une clim très insuffisante. Mais les cuisines voisines nous assurent un ravitaillement de choix !

Logicielle ne posa pas la question « Et que faites-vous là ? ».

La réponse était évidente. Antoine et ses amis disposaient du contrôle absolu sur les ordinateurs de NCF, d'Oxoil et de 21, puisque les trois entreprises étaient liées.

Antoine indiqua les murs et expliqua :

– Cette cloison nous sépare d'un ancien monte-charge qui acheminait les provisions aux cuisines ; et celle-ci donne sur la gaine technique de la tour ! Nous sommes une sangsue collée à la colonne vertébrale du groupe. De ce poste stratégique, j'accède à mes milliards d'exaoctets et je contrôle à peu près tous les réseaux de communication de la planète. Nous avons aussi piraté les caméras vidéo internes des tours. Rick, tu nous montres ?

Une pression sur une touche, et des dizaines d'écrans affichèrent autant de halls et de couloirs où les employés allaient et venaient.

– Hier, j'ai enfin réussi à intercepter une ligne de surveillance très particulière... Rick ?

D'un doigt, le hacker fit apparaître une pièce nue. Avec un lit étroit sur lequel un homme, tête basse, était assis.

Logicielle le reconnut tout de suite.

– Max !

49

– Comme tu vois, il va bien, affirma Antoine. Tu es rassurée ?

Logicielle eut du mal à maîtriser sa colère.

– Rassurée ? Tu oublies qu'il est là par ta faute ! Mais enfin, quelle idée t'est encore passée par la tête ? La Singularité ! C'est tout ce que tu as trouvé pour changer le monde ?

– L'heure n'est pas au débat, petite sœur. D'abord, affirma-t-il en désignant les autres hackers, je ne suis pas seul. Ensuite, je crois nos mesures soutenues par une majorité. Approuvées ou non, elles sont indispensables. Désolé que Sunsong ait pris Max en otage. N'oublie pas que je fais ce que je peux pour t'aider à le délivrer. Tiens, regarde cet écran. Voilà le couloir qui mène à la pièce où il est enfermé.

Six hommes armés y montaient la garde. Antoine l'avertit :

– Très difficile d'y accéder. Ce local est indépendant et blindé.

– On l'ouvre avec un code chiffré ? Une carte à puce ?

– Non. Une simple clé. Simple n'est d'ailleurs pas le mot juste car c'est celle d'un vrai coffre-fort.

– Si j'arrivais à faire parvenir à Max un double de cette clé…

– … Inutile, sa porte ne s'ouvre que de l'extérieur. Et s'il sortait, il devrait affronter cinq ou six malabars armés.

Les plans de Logicielle s'effondraient un à un.

– Qu'espérais-tu ? ajouta son frère. Lui dissimuler la clé dans un quignon de pain, comme dans les romans de Dumas ?

– Cette clé, il me la faut. Celle-là ou un double.

– Un double ? Il en existe un. Nous en avons eu récemment la preuve.

– Ce double, tu sais où il est ?

– Chez Sunsong en personne. On aurait dû s'en douter !

L'un des hackers s'était approché d'eux.

– Du nouveau ? demanda Antoine.

– Oui. Ça bouge chez les huiles. Une réunion au sommet est prévue à quatorze heures, au trente-troisième étage de la tour Oxoil, dans la salle du conseil d'administration. Sunsong y a convoqué son staff.

Logicielle consulta sa montre et poussa un cri.

– Mon délai expire ! Je dois partir.

– Salut, tite sœur ! Reviens quand tu veux.

Elle n'eut que le temps d'enfiler sa combinaison à la hâte, la lourde porte s'ouvrait déjà. Une main l'agrippa. Celle de Milena.

– Vite, enfile tes gants, ton masque... et prends ces paquets.

Chargées de surgelés, elles rejoignirent les cuisines où des dizaines de femmes s'affairaient.

Pendant deux heures et demie, Logicielle n'eut pas une minute pour réfléchir. Elle dut remplir des centaines de raviers de crudités. Un travail répétitif épuisant.

À 11 heures fut décrétée une pause générale.

– Nous avons vingt minutes pour déjeuner, l'informa Milena. Le self ouvre à onze heures et demie.

Nauséeuse, Logicielle mangea du bout des lèvres.

Quand le personnel arriva, elle compta des gardiens par dizaines. Vêtus d'un treillis noir, ils étaient identifiables à cent mètres, Sunsong avait engagé une vraie section d'assaut.

Elle en comprit vite la raison. En débarrassant les plateaux, elle aperçut derrière les fenêtres, sur l'esplanade au bas de la tour, des milliers de manifestants qui défilaient en ordre dispersé. De la foule s'échappaient des petits groupes qui tentaient d'approcher les immeubles, groupes sans cesse repoussés par les CRS.

Peu avant midi, elle leva les yeux vers les écrans suspendus dans la cafétéria. Ils diffusaient des clips qui montraient les « projets verts » d'Oxoil. La compagnie pétrolière dépensait dix fois plus d'argent pour vanter sa prétendue campagne écologique que pour construire ses douze malheureuses éoliennes.

– De l'auto-pub en circuit fermé, lui glissa Milena. Tu espérais qu'on laisserait Magicielle s'exprimer ?

À midi, les écrans s'allumèrent sur la première chaîne. Surprise : le présentateur du journal télévisé apparut, visage grave.

– *Ce bulletin marque la reprise en main partielle de la situation. Depuis six jours, les pays industrialisés ont été mis en danger. Suite à la prise du pouvoir par la Singularité, la désorganisation, aux États-Unis et en Europe du Nord, a été totale, comme vont vous le montrer les images de nos correspondants. Mais que nos fidèles téléspectateurs se rassurent…*

Image et son furent soudain interrompus.

Dans la cafétéria pourtant bondée, il n'y eut aucune réaction.

Enfin, le sigle 21 refit son apparition sur l'écran et les clips reprirent, comme si rien ne s'était passé.

Logicielle, qui elle aussi s'était figée, songea que le pouvoir ne passait plus par les urnes, mais par la diffusion de l'information. Il était aux mains de ceux qui en avaient les clés.

– Antoine a dû avoir un problème, chuchota Milena. Ah… attention, des gardiens de Max arrivent !

Deux hommes au gabarit impressionnant venaient de s'asseoir en tête-à-tête devant leurs plateaux. L'un d'eux avait deux masques à gaz accrochés au bas de son blouson et l'autre, des clés pendues au mousqueton de son ceinturon. Celle du local de Max en faisait sûrement partie. S'en emparer ? Mais comment ? Et il ne suffisait pas de délivrer Max, il faudrait aussi le faire sortir de la tour. Décidément, c'était mission impossible…

– Et les autres gardiens ? chuchota Logicielle.

– Ils viendront deux par deux dès que ceux-ci seront repartis.

– Ils boivent de la bière, eux aussi ?

– Oui. Et tu vois, ils n'ont pas peur des doses. Chacun emporte trois ou quatre bouteilles pour meubler son après-midi.

– Milena… quelqu'un doit livrer des plateaux au trente-deuxième étage ?

– Oui, à treize heures.

– Dans quels bureaux ?

– Les 3 207, 3 211, 3 212 et 3 220. C'est le cœur du QG de Sunsong. Évite ce secteur.

– Je dois prendre le risque, j'aimerais reconnaître les lieux. Tu sais s'il y a une infirmerie, chez Oxoil ?

– Au huitième étage. Pourquoi, tu ne te sens pas bien ?

– Il me faudrait des somnifères. Pas des cachets mais un flacon si possible. Tu pourrais me rapporter ça ?

– Toi, fit Milena en souriant, tu as une idée derrière la tête…

50

Milena réapparut dans les cuisines à 12h45.

– Eh bien, où étais-tu ? hurla le chef de service qui ne devait pas faire partie de ses complices. C'est l'heure du coup de feu et tu t'éclipses ?

Elle glissa un flacon dans la poche de la blouse de Logicielle qui partit s'isoler près des frigos. Là, elle ouvrit douze petites bouteilles, ôta un dé à coudre de bière, y versa une dose identique de somnifère et referma les capsules à l'aide d'un casse-noix. Par précaution, elle avait triplé les doses recommandées.

Elle rapporta les bouteilles à Milena et ordonna :

– Arrange-toi pour les donner aux derniers gardiens.

– Impossible ! Ils sont arrivés et se sont déjà servis.

– Eh bien remplace leurs bouteilles ! Dis-leur que celles-ci sont fraîches. Débrouille-toi !

– OK, dit Milena. En attendant, prends les plateaux destinés au trente-deuxième étage. Range-les sur ce chariot roulant et file !

Logicielle rejoignit la passerelle et s'engouffra dans le premier ascenseur.

La stupeur l'immobilisa.

Devant elle se trouvaient David, l'un des informaticiens de NCF, et le chef des vigiles, un grand Noir qui répondait au doux nom de Séraphin. Préoccupés, ils discutaient à voix basse et n'eurent pas un regard pour elle.

Une minute plus tard, l'ascenseur s'arrêtait au 32e étage, presque en face du bureau 3 207. Elle frappa à la porte.

Un inconnu vint ouvrir et lui prit le plateau des mains.

– Magnifique. Merci, mademoiselle !

La porte se referma sur lui. Ce qui ne faisait pas, mais pas du tout son affaire.

Elle regagna le couloir, saisit un plateau et frappa au bureau 3 220, qui affichait : « M. Feng ». Quand un vieil Asiatique à lunettes lui ouvrit, elle se souvint que c'était le collaborateur le plus proche du grand patron. Dans cette pièce existait une porte donnant sur le bureau contigu, celui de Sunsong.

Elle posa le plateau sur la table basse. Pleine d'espoir, elle balaya la pièce du regard. Aucun passe en vue.

– Merci. Au revoir, mademoiselle.

Dépitée, elle allait sortir quand elle vit, à côté de la porte, sur le fauteuil où avait été jeté un imperméable... le passe !

– Je me demande ce qu'ils espèrent ! grommelait M. Feng.

Il s'était tourné vers la baie vitrée et considérait, soucieux, les manifestants cent mètres plus bas.

– Au revoir monsieur, murmura Logicielle en saisissant la carte.

Elle sortit.

La première partie de son plan avait réussi.

51

Logicielle regagna le self à 13 h 20.

Lorsque M. Feng quitterait son bureau pour assister à la réunion au sommet, il chercherait évidemment sa carte. Soupçonnerait-il la serveuse de l'avoir dérobée ? Prendrait-il le temps de prévenir la sécurité ? Ou, ce qu'elle espérait, remettrait-il le problème à plus tard pour ne pas arriver en retard ?

Quoi qu'il en soit, elle avait une heure pour agir. Et aucun droit à l'erreur. Quand elle revint aux cuisines, Milena lui désigna le self.

– Les deux derniers gardiens de Max achèvent leur repas.

– Tu as réussi à leur donner mes bouteilles ?

– Oui. Et ils ont commencé à les boire.

– Il faut que je voie Antoine. Tu m'ouvres ?

– D'accord. Mais tu multiplies les risques.

Elles attendirent que le responsable s'éloigne pour entrer dans la chambre froide. Milena fit accéder Logicielle au local secret des hackers en lui accordant cinq minutes chrono.

– Ah ! s'écria Antoine. Tu tombes au mauvais moment.

– Pourquoi ? À cause de Magicielle qui n'a pas livré les infos ?

– Exact, approuva Rick en grimaçant. Ils ont découvert l'une de nos dérivations et récupéré le réseau pendant une demi-minute. Un bon point pour eux.

Son frère eut un geste de la main, l'incident lui semblait mineur.

Il désigna plusieurs écrans.

– On se serait bien passés de ces manifestants. Au bas des tours, ça s'agite beaucoup. Et puis c'est bizarre, les employés et les cadres des deux entreprises semblent quitter les lieux.

– Quoi ? Et pour quelle raison ?

– Justement, on n'en sait rien ! Comme les responsables se doutent que nous piégeons les communications, ils utilisent des talkies-walkies. Et là, regarde… des instructions circulent de main en main au moyen de notes rédigées sur papier. Impossible de savoir ce qu'elles contiennent.

– Ce matin, ajouta Rick, nous avons perdu la liaison avec les caméras des sous-sols. Au rez-de-chaussée, la garde personnelle de Sunsong a bloqué l'accès à six ascenseurs.

– Quelque chose se trame, conclut Antoine. Mais nous ignorons quoi. Et toi, Logicielle, pourquoi es-tu là ?

– Je vais profiter de la réunion de quatorze heures pour tenter de libérer Max. Si tout va bien, quatre des six gardiens devraient dormir.

– Et tu demanderas poliment aux deux autres de t'ouvrir la porte ?

– Je ne sais pas, j'improviserai. Je n'ai pas pu faire mieux.

– Qu'est-ce que tu attends de nous ?

– D'ici, vous me verrez agir. Si ça tournait mal…

– On ne pourrait rien faire. Nous sommes coincés ici, tu le sais !

– Je voulais juste te prévenir. Ensuite, Max et moi essaierons de fuir en profitant de ces mouvements inhabituels. À la vérité, je suis… morte de trouille ! avoua-t-elle, les dents serrées.

Son frère la prit dans ses bras et lui chuchota à l'oreille :

– À bientôt ma petite Gicièle. Je croise les doigts. Pour toi comme pour moi. Désolé de t'avoir mise dans ce guêpier. Tu me pardonnes ?

– Logicielle !

À l'autre bout du local, Milena l'appelait.

– Et la clé ? cria Antoine à Logicielle alors qu'elle s'en allait. La clé de la prison de Max, tu l'as ?

– Non. Mais je crois pouvoir me la procurer !

52

À 13 h 50, le self se vida. Logicielle, qui revenait en cuisine chargée de plateaux, glissa à Milena :

– Il faut que je m'éclipse.

– Va ! Je ferai mon possible pour que le chef ne s'en aperçoive pas.

– Si tout se passe comme je l'espère, je ne retournerai pas ici.

– Alors on se voit ce soir ? Rendez-vous dans ma chambre ?

– J'aimerais bien. Il se peut qu'on doive s'y serrer à trois !

– Allez, file… bonne chance !

D'un pas assuré, Logicielle traversa la cafétéria et emprunta la passerelle pour rejoindre le vestiaire.

Personne.

Elle quitta sa tenue pour remettre son tailleur, mieux valait qu'elle passe pour une secrétaire. Puis elle gagna le 34e étage.

L'allée centrale était déserte.

Trente mètres plus loin, elle parvint au couloir au bout duquel se trouvait la prison de Max, elle y jeta un coup d'œil discret.

Deux gardiens, somnolents, étaient assis dos au mur et quatre autres, debout, discutaient à voix basse.

Elle reprit l'ascenseur et, au 32e, vit au loin M. Feng emprunter l'escalier qui menait à l'étage supérieur, celui de la salle de réunion. Elle s'engagea dans le couloir en priant pour que Sunsong ne sorte pas au même instant.

Parvenue devant le bureau 3220, elle glissa la carte dérobée dans la serrure. La porte s'ouvrit.

– Jusque-là, tout va bien, murmura-t-elle en entrant dans la pièce vide.

Elle aperçut, par la baie vitrée, des manifestants qui forçaient l'entrée des tours ; dans le ciel, une dizaine d'hélicoptères s'approchaient de La Défense. Des EC 225 transporteurs de troupes, semblables à celui qui avait permis d'enlever Max.

Les CRS n'étaient plus là. Une sourde inquiétude l'envahit. Son frère avait raison, une action d'envergure se préparait. Était-ce le bon moment pour agir ?

– De toute façon, au point où j'en suis…

Il était 14 h 05, Sunsong devait être parti.

Elle tourna lentement la clenche.

Et la porte de communication s'ouvrit.

– Parfait ! conclut-elle en découvrant le bureau désert. Reste à trouver la clé.

Il y avait là un meuble dédié à l'informatique, une bibliothèque en palissandre garnie de quelques livres et de bibelots précieux. Devant un coffre-fort étaient posés trois fauteuils et, sur un canapé, un carton dans lequel… non, il n'y avait rien.

Logicielle s'assit au bureau et s'attaqua aux tiroirs un par un.

Aucun n'était fermé à clé. Ils contenaient des dossiers vides. Ou du papier vierge. Étrange. Et même suspect.

Elle explora les rayonnages de la bibliothèque. Sans succès. Sunsong conserve le double de la clé sur lui, supposa-t-elle.

Dépitée, elle se dirigea vers la porte qui donnait sur le couloir… quand elle s'ouvrit.

Et Sunsong entra.

À côté de lui se tenait M. Feng, les yeux agrandis par la stupeur. Logicielle, pétrifiée, vit M. 21 sourire et déclarer à son voisin :

– Eh bien, Feng, voilà pourquoi vous ne retrouviez pas votre carte, mademoiselle vous l'avait empruntée. Et je crois deviner pourquoi. Je suis ravi de vous revoir… Logicielle !

53

Logicielle sut qu'elle avait perdu. Elle avait sous-estimé la perspicacité de Sunsong… et la durée de sa réunion.

– Feng ? Veuillez nous laisser. Et vous Logicielle, vous pouvez rester. Mais si, je vous en prie, asseyez-vous.

Elle obéit.

– Eh bien, que cherchiez-vous en vous introduisant chez moi ?

Le sang-froid du PDG ne s'était pas émoussé. Il poursuivit :

– Une clé, peut-être ? Vous ne risquiez pas de la découvrir. Tout ce qui est précieux se trouvait dans ce coffre-fort, qui d'ailleurs ne contient plus grand-chose. Ah, vous permettez, Logicielle ?

Contournant le fauteuil où elle était installée, il sélectionna sur les étagères quelques bibelots qu'il déposa dans le carton.

– À moins que vous ne cherchiez votre frère ?

Elle pâlit. Il ajouta aussitôt :

– Mais oui, il se trouve ici. Comment je le sais ? Simple question de déduction. Rassurez-vous, je ne vous demanderai pas de me révéler sa cachette. Il y a trois jours encore, j'aurais été intéressé. Aujourd'hui, plus du tout. J'ai pris d'autres dispositions. Certes un peu radicales, mais qui régleront d'un coup les problèmes que ses amis et lui nous ont causés... à moi et aux pays industrialisés. Si bien que ma décision va réjouir de nombreuses personnes. Et rétablir l'ordre. Évidemment, il y aura... comment les appelez-vous ? Ah oui, des dégâts collatéraux ! Mais on ne fait pas d'omelette sans casser des œufs. Et Dieu merci, mes entreprises sont très bien assurées. Chère Logicielle, je suis navré que vous ayez commis l'imprudence de venir. Admettez au moins que je ne vous ai pas invitée.

On frappa à la porte qui communiquait avec le bureau attenant. Feng passa la tête dans l'entrebâillement.

– Excusez-moi, monsieur Sunsong, mais le temps presse.

– Très juste. Je dois vous quitter, Logicielle. Enchanté d'avoir eu cette dernière conversation avec vous. Même si vous avez été peu loquace. Vous ne me dites pas au revoir ? Entrez donc, Feng ! Et prenez ce carton, s'il vous plaît.

L'autre s'exécuta. Il ouvrit la porte qui donnait sur le couloir, s'effaça pour laisser passer le PDG, sortit à son tour.

Puis la porte se referma.

Logicielle se retrouva seule.

Et complètement désorientée.

54

Logicielle se leva et tendit l'oreille. Il lui avait semblé percevoir le bruit lointain d'une explosion.

Elle alla jusqu'à la porte que Sunsong et Feng avaient empruntée... et, à sa grande surprise, elle l'ouvrit sans difficulté.

Le couloir était désert et silencieux.

Mais pour quelle raison M. 21 l'avait-il laissée en liberté ?

Déconcertée, elle rejoignit l'allée centrale et, là, perçut nettement le brouhaha qui filtrait des étages inférieurs. On eût dit qu'une foule vociférante avait envahi la tour. Les manifestants ? Comment avaient-ils pu investir les lieux ? Voulaient-ils les saccager ?

Elle courut jusqu'à l'ascenseur.

Aucune lumière, inutile d'appeler la cabine, tous les ascenseurs étaient immobilisés. Voilà pourquoi M. Feng était monté à pied !

Elle se précipita vers l'escalier pour gagner l'étage où Max était retenu.

Là, elle découvrit trois hommes affalés à terre. Un quatrième, debout, la main appuyée au mur, luttait contre le sommeil. Quant au dernier, il avait l'air très excité et tenait un talkie-walkie dans une main et dans l'autre une arme pointée... vers elle ?

Elle recula et se mit hors d'atteinte.

Son esprit était en ébullition. Où était passé le sixième gardien, celui qui avait les clés ? Voyant ses compagnons drogués, était-il parti chercher du renfort ? Que faire ? Où aller ? À qui demander de l'aide ?

Elle se rua vers l'escalier et dévala plusieurs étages quand ses yeux se mirent à picoter. Bloquant sa respiration, elle comprit : des gaz lacrymogènes !

Impossible de descendre plus bas sans risquer d'étouffer.

Une cavalcade sonore l'alerta d'un nouveau danger et elle n'eut que le temps de se plaquer contre le mur. Un groupe de miliciens armés jusqu'aux dents, au visage recouvert d'un masque à gaz, la dépassa en gravissant les marches quatre à quatre.

Pas un ne lui prêta attention.

Elle attendit qu'ils soient hors de vue et se remit à monter.

Sur le palier du 31e étage, quelqu'un la bouscula et la fit tomber. Elle s'apprêtait à affronter un adversaire quand l'inconnu, un géant noir au visage ruisselant de larmes, s'excusa en bredouillant :

– Désolé, je n'y vois plus rien ! Qui êtes-vous ? Et qu'est-ce que vous faites ici ?

– Je suis Logicielle. Et vous, je sais que vous êtes Séraphin !

55

– Logicielle ? Vous ? Ici ? Attendez, je vous distingue à peine. Mais que…

– Ne vous frottez pas les yeux ! Pas le temps de vous expliquer, Séraphin. Dites-moi, que se passe-t-il en bas ?

– Les manifestants sont entrés en masse !

– Ils ont débordé la police ?

– Les CRS ont dû recevoir l'ordre de vider les lieux. Mes vigiles ont vite été submergés. Nous avons dû nous réfugier dans les étages… Puis le bruit a couru que les rideaux de fer avaient été baissés. J'ai rejoint le PC de la sécurité du sixième étage pour les ouvrir. Mais la pièce avait été saccagée et les appareils détruits.

– Par les manifestants ?

– Impossible qu'ils soient montés jusque-là !

– Alors par qui, Séraphin ? Les gens d'Oxoil ?

– Qui d'autre ? Depuis que Sunsong a l'entreprise en main, il est entouré d'une garde rapprochée très louche. Jamais mes vigiles et moi n'avons pu communiquer avec ces gars-là.

– Donc on ne peut plus sortir ? Les issues de NCF sont fermées ?

– Celles d'Oxoil aussi. Nous l'avons constaté en arrivant ici par la passerelle. Passerelle que la milice de Sunsong vient de faire sauter. Maintenant, les deux immeubles sont isolés.

– Avec des centaines de manifestants pris au piège ?

– Sans parler d'un grand nombre d'employés des deux firmes ! Un ordre d'évacuation semble leur avoir été transmis, mais ils ne sont pas tous sortis.

Ou bien certains n'y ont pas cru, devina Logicielle.

– Quant à mes vigiles et moi, nous n'avons reçu aucune instruction. C'est l'affolement général, nous sommes prisonniers des deux tours !

– Alors pourquoi êtes-vous monté, Séraphin ?

– Pour trouver une issue. Il m'a fallu franchir cinq ou six étages où les gaz sont si intenses que j'ai failli m'évanouir…

Logicielle cherchait un sens à cette stratégie. Isoler les manifestants dans les étages inférieurs ? Entretenir la panique ?

Un énorme raffut montait jusqu'à eux.

Elle saisit Séraphin par le coude.

– Suivez-moi, je vous guide.

– Où voulez-vous aller ?

– Au trente-quatrième. Là où se trouve Max, mon ancien adjoint.

– Max n'est plus votre adjoint ?

– Si. Depuis un mois, il est surtout mon mari. Et depuis six jours, le prisonnier de Sunsong. Venez Séraphin, vous allez m'aider à le délivrer !

56

Logicielle et Séraphin étaient à peine arrivés sur le palier du 34e étage qu'un gardien en noir jaillit, les bouscula et les fit tomber. Puis il s'engouffra dans l'escalier qui menait au dernier étage.

– Ben il va où, celui-là ? grogna le chef des vigiles en se relevant.

– Vite, Séraphin, venez !

Elle s'élança dans l'allée centrale et bifurqua dans le couloir où se trouvaient trois gardes affalés à terre. Elle se pencha sur le dernier, à la ceinture duquel pendait un mousqueton garni de plusieurs clés. Mais elle ne put en sortir aucune, l'anneau était muni d'une sécurité. Pour ouvrir la porte, le gardien devait donc manipuler la clé sans l'enlever !

– Séraphin ? Aidez-moi à ôter la ceinture de ce type !

– Pourquoi, que voulez-vous faire ?

– Détacher les clés et ouvrir cette porte. Vite !

Au lieu d'obéir, le vigile saisit le milicien inconscient ; il le souleva comme un colis et le plaqua contre la porte blindée.

Fébrile, Logicielle dut s'y reprendre à deux fois.

Enfin, la clé fit son office et la lourde porte pivota.

Logicielle cligna des yeux, le réduit n'était pas éclairé. Elle entendait le sang battre à ses tempes.

Max... Max... Max...

Elle buta contre un plateau posé à terre, renversa une assiette. Et aperçut enfin un corps allongé à plat ventre sur le lit.

– Max !

C'était lui. Elle le souleva, le secoua rudement. Il ne réagit pas.

Son cœur manqua un battement. En un éclair, elle imagina le pire.

– Max ? Par pitié...

Derrière elle, Séraphin fit alors tomber une bouteille vide qui roula jusqu'à ses pieds.

Une canette de bière.

Une canette qu'un gardien avait placée sur le plateau du prisonnier. L'une de celles qui contenaient le somnifère.

Non, Max n'était pas mort.

Il dormait.

57

– Séraphin, vite, aidez-moi à transporter Max dans le couloir ! Nous devons échanger nos vêtements avec ceux des gardiens. Bon sang, Max, réveille-toi !

Au soulagement qui l'avait envahie succéda aussitôt l'urgence.

Elle redressa Max et le gifla. Il grommela mais refusa de se tenir debout.

Déjà, Séraphin avait revêtu une combinaison noire. Elle était parfaitement à sa taille. Il tendit à Logicielle la tenue du plus petit des deux gardiens. Bien qu'elle ait gardé ses vêtements, elle flottait à l'intérieur.

Ils durent s'y mettre à deux pour habiller Max.

– Pas le temps de lacer ses chaussures, décida-t-elle. Il faut enfiler les casques ! Tous les trois.

– Attendez, je ne comprends pas ce que vous…

– Obéissez !

Elle ajusta un casque, choisit l'un des masques à gaz et cria :

– Vous pouvez porter Max ? Parfait… on file !

Si ses déductions étaient bonnes, ils avaient une chance de s'en sortir. Elle eut une pensée pour Milena, Antoine et ses amis hackers. Une aussi pour la foule bloquée en bas. Si ses déductions étaient justes…

Non, elle espérait se tromper.

– On prend l'escalier ? demanda Séraphin. On va au 35e ?

– Mieux. Sur le toit !

Ainsi que l'indiquait le croquis fait par Milena, la tour Oxoil était conçue comme celle de NCF. Le dernier niveau comportait une immense pièce avec une issue de secours.

Elle maintint la porte ouverte pour que Séraphin puisse passer, Max dans les bras.

Avant de jaillir à l'air libre, Logicielle ajusta le masque à gaz sur son visage pour dissimuler ses traits. Elle murmura à mi-voix :

– Pourvu que mes déductions soient bonnes !

Elles l'étaient. Sur le toit stationnaient encore deux hélicoptères, leurs pales tournant au ralenti…

58

À côté d'un des Eurocopter, le gardien brailla par-dessus le vrombissement des pales :

– Qu'est-ce que vous foutiez ? On n'attendait plus que vous ! Il reste à peine trois minutes !

Il se tourna pour jeter au pilote :

– Le compte est bon, on y va.

Des mains secourables hissèrent Max à l'intérieur. D'autres aidèrent Logicielle à monter. Étourdie, elle se fraya un passage entre les hommes alignés et se sangla sur le siège du fond.

Une fois Séraphin dans l'appareil, on referma la porte. Il adressa à Logicielle un signe de connivence et installa à côté de lui Max, toujours endormi.

Enfin l'hélico décolla.

Par la vitre, Logicielle vit rapetisser le cercle blanc du terrain d'atterrissage. Quand le EC 225 prit de la hauteur et la direction du nord-est, elle comprit pourquoi on l'avait laissée en liberté. Et elle reconstitua ce qui s'était passé…

Après l'avoir abandonnée, Sunsong, Feng et tout le staff Oxoil avaient dû partir avec un Eurocopter. La réunion était destinée à peaufiner les détails de leur fuite. Un départ programmé depuis plusieurs jours puisque l'avant-veille au soir, Milena et elle avaient aperçu de lourds camions remplis de matériel quitter les parkings souterrains.

Ce lundi, la garde rapprochée de M. 21 avait reçu la consigne de laisser les manifestants entrer, tout en les empêchant de gagner les étages. L'opération achevée, elle devait rejoindre la terrasse pour vider les lieux. Un départ trop précipité pour n'être pas suspect...

D'ailleurs, les hommes rassemblés se tordaient le cou pour guetter les tours qui s'éloignaient. Pendant une bonne minute, ils ne les quittèrent pas des yeux ; ils consultaient leur montre, s'interrogeaient du regard... Enfin ils se tournèrent vers le chef de groupe. Celui-ci haussa les épaules. Comme si l'événement attendu, qui semblait bien long à se produire, lui était au fond indifférent.

Logicielle réprima un frisson.

Le trajet fut bref.

L'hélico stationnait à basse altitude non loin de la Seine, au-dessus d'une aire gazonnée.

Il attendait que repartent à vide deux autres Eurocopter d'où s'extirpaient, à la cadence d'un par seconde, des dizaines d'hommes en noir.

Enfin, il se posa près d'un étang, sur un immense espace vert.

Logicielle identifia au loin la tour d'Orgemont. L'atterrissage avait donc été programmé sur le parc des Chanteraines, à Gennevilliers.

Sans arrêter le moteur, le pilote leva la main.

– On dégage ! ordonna le milicien le plus proche de la porte.

Les occupants vidèrent rapidement l'appareil. Logicielle ne pouvait qu'obéir. Ses voisins aidaient déjà Séraphin à détacher Max et à le transporter à terre.

– Rendez-vous ce soir au QG ! brailla le chef de groupe. Et maintenant, dispersion !

Les hommes s'éloignèrent, scindés en deux groupes. L'un fila vers le nord et l'autre vers l'ouest. Aucun des gardiens ne prêta attention à leurs trois camarades qui tardaient à obéir.

Logicielle n'en croyait pas ses yeux.

Elle était libre. Avec Max.

L'émotion lui serrait la gorge. L'Eurocopter avait disparu. Plus aucun milicien en vue…

Séraphin enleva son casque et sécha la sueur qui perlait à son front. Incrédule, il bredouilla :

– Logicielle ? Mais comment pouviez-vous savoir ?

– Ne restons pas là. Venez.

Elle aida le chef des vigiles à hisser Max sur son épaule et elle l'entraîna vers la Seine.

Ils franchirent d'abord un filet sur lequel une pancarte indiquait : « Travaux d'entretien, accès interdit ». Puis un grillage qui les séparait des bords de Seine.

Sur ce boulevard, la circulation était réduite et fluide. Logicielle se débarrassa du masque, du casque et de sa combinaison.

– Vous pourrez porter Max jusqu'au pont d'Épinay ? C'est à trois cents mètres. Là-bas, il y a un feu. Avec un peu de chance…

La chance, en effet, les servit.

Dans la file des véhicules qui attendaient que le feu se mette au vert se trouvait un petit bus scolaire vide. Le conducteur ouvrit sa portière et les héla :

– Vous avez un blessé ?

– C'est-à-dire… commença Séraphin.

– Non. Il dort, expliqua Logicielle en sortant sa carte professionnelle. Je suis lieutenant de police. C'est mon adjoint. Vous pouvez nous conduire à ma brigade ?

– Aucun problème. Montez !

59

Un peu plus loin, le conducteur du bus dut s'arrêter à un feu rouge, à deux pas de l'immeuble de Logicielle.

– Vous pouvez nous déposer ici ? lui demanda-t-elle.

Elle récupéra Max affalé sur un siège à l'arrière. Séraphin voulut le porter et sortir lui aussi. Elle l'en dissuada à voix basse :

– Laissez-vous conduire à ma brigade. Demandez à voir Jean-François. Révélez-lui ce qui vient de se passer. Et dites-lui que je suis chez moi.

– Mais votre adjoint...

– Il dort. Je me débrouillerai. Séraphin ? Merci ! Sans vous...

– Sans vous, je serais resté coincé là-bas. C'est moi qui vous remercie !

Une minute plus tard, elle se retrouva sur le trottoir avec Max dans les bras. Émue et incrédule, elle caressa ses boucles brunes. Elle avait retrouvé son mari. Et ils étaient libres !

Elle s'arma de courage et le gifla avec vigueur.

Cette fois, il ouvrit un œil.

– Max ! IL FAUT QUE TU MARCHES. Allez, debout ! Il est quatre heures de l'après-midi, ta sieste est finie ! Tu m'entends ?

Il ouvrit l'autre œil et lui sourit. Puis, sans faire le moindre effort pour se redresser, il grommela d'une voix pâteuse :

– … gicielle ? Ouaah, quelle drôle de tête tu as ! Ah je comprends, je rêve ! S'il te plaît, ne me réveille pas…

Un inconnu l'aida à le hisser jusqu'à la porte de son studio.

– La prochaine fois, lui conseilla le passant, veillez à ce que votre copain boive un peu moins.

– *Bonjour, Logicielle !* lui déclara l'OMNIA 3 dès qu'elle fut entrée. *Que souhaites-tu faire aujourd'hui ?*

– Me reposer. Tu peux te déconnecter jusqu'à ce soir ?

L'électricité était revenue.

Pour un peu elle l'aurait regretté.

60

Peu avant 22 heures, Max émergea de sa léthargie.

Logicielle se pencha vers lui. Enfin lucide, il bredouilla :

– Logicielle ? Tu es là ? Vraiment ? Je ne rêve pas, c'est toi ?

– Oui. J'ai coupé et teint mes cheveux.

– On est où ?

– Dans notre studio. NCF est loin. Sunsong ne te fera plus de mal.

– NCF ? Sunsong ? Pourquoi ? Je ne comprends pas.

Il raconta qu'au moment de son enlèvement il s'était débattu et on l'avait assommé. Il était revenu à lui dans un local sombre et étroit. Les gardes qui lui apportaient un plateau ne lui adressaient jamais la parole. Donc il ignorait tout des raisons de sa capture et du lieu de sa détention.

– Le dernier souvenir que j'ai de toi, dit-il, c'est quand j'ai voulu te rejoindre chez

Delumeau. Je t'ai aperçue qui discutais avec l'artisan d'en face et je t'ai fait signe… tu te souviens ?

– Exact. Tu avais un papier en main.

– Oui ! fit-il en se redressant avec enthousiasme. Je revenais des Télécoms, j'avais découvert l'identité de celui que le patron avait appelé à huit heures quarante-trois ! C'était un appel…

– … de Germain.

– Ah bon ? Tu savais ? répondit Max, très déçu.

– J'ai fini par le découvrir. Et par reconstituer ce qui s'était passé.

Elle lui révéla dans le détail les événements auxquels il avait échappé ; sa déconvenue n'en fut que plus grande.

– Je vois… j'avais trouvé un indice majeur et c'est toi qui as bouclé l'enquête ?

– Bien obligée ! J'aurais préféré que tu sois là, Max ! Sunsong en a décidé autrement.

– Tu es sûre que c'est lui qui m'a enlevé ? Et il a fait évacuer les tours ? Mais pour quelle raison ? Au fait, on est quel jour ?

– Lundi 9 septembre. Il est vingt-deux heures. Tu veux regarder les infos ?

Cette fois, la télé fonctionnait.

– … *témoignages contradictoires. La direction de NCF et d'Oxoil affirme que le personnel, débordé par les manifestants qui avaient investi les lieux, a dû fuir. L'accès aux parkings étant bloqué, certains ont même utilisé des hélicoptères privés appelés en renfort. Selon plusieurs témoins, la panique était indescriptible car les contestataires, des Anonymous pour la plupart, avaient semble-t-il l'intention de dynamiter les tours. La police et les pompiers, arrivés peu après sur place, ont en effet découvert dans les sous-sols de puissants explosifs et un dispositif de mise à feu. Mais d'après les témoignages de nombreux manifestants, ce matériel se serait trouvé sur place avant que les issues des parkings se referment sur eux. Issues que les reclus auraient fait sauter à l'aide de ces explosifs providentiels. La direction juge ces affirmations et ces accusations scandaleuses, ridicules et sans fondement. L'enquête en cours s'annonce délicate…*

– Sunsong voulait faire sauter les deux tours, murmura Logicielle.

– Quoi ?

– J'en suis sûre. C'était le moyen radical pour détruire les installations secrètes d'Antoine et de ses complices, ces fameuses dérivations que M. 21 ne parvenait pas à localiser.

– Tu n'y penses pas ? L'explosion aurait provoqué des milliers de victimes, comme au World Trade Center, le 11 septembre 2001 !

– Une folie absolue, oui… Mais l'intégrisme n'est pas toujours religieux, Max. Pour sauver l'économie de marché et ses profits, certains sont prêts à payer n'importe quel prix. Ce sabordage permettait à Sunsong de faire d'une pierre trois coups.

– Trois ?

– Mais oui. D'abord éliminer les hackers. Ensuite rétablir l'ordre, les communications et les réseaux. Enfin reporter la responsabilité de cet attentat sur les manifestants.

Elle se tut, consciente qu'elle adoptait le point de vue et le discours de son frère. Un frère qui, avec beaucoup d'autres, avait failli y laisser sa vie.

Max avait dû suivre le fil de sa pensée puisqu'il demanda à voix basse :

– À présent, où sont Antoine et Milena ? Crois-tu que…

– *Logicielle ? Tu as un nouveau message !* lança l'OMNIA 3.

Décidément, tout fonctionnait à nouveau.

Logicielle ouvrit sa BAL et découvrit un mail d'origine inconnue.

Salut Gicièle, salut Max,

Vive les caméras vidéo qui nous ont permis de suivre votre évasion jusque sur les toits !

Vive les vieux monte-charge qui nous ont permis de rejoindre les sous-sols, de neutraliser la mise à feu des explosifs à temps et de les utiliser pour faire évacuer les manifestants !

Sunsong veut la guerre ? Il l'aura.

La Singularité n'a pas dit son dernier mot, croyez-moi.

Et vive les jeunes mariés, on vous embrasse !

A. et M.

– Les caméras ? Les monte-charges ? La singularité ? fit Max. Tu comprends quelque chose à ce charabia, toi ?

– Oui, je vais t'expliquer, répondit Logicielle qui réprimait mal sa joie. Parce que tu as raté quelques épisodes…

61

Max se rendormit.

Le lendemain, à 9 heures, il ronflait encore.

Levée très tôt, Logicielle avait écouté les informations.

La veille, le sort de la planète avait basculé une seconde fois. Pour le meilleur ou pour le pire ?

À 10 heures, elle décida de sortir. Après tout, Max et elle ne risquaient plus rien. Sunsong, impuni, avait retrouvé son pouvoir.

Avant de quitter le studio, elle laissa une feuille sur la table.

Je suis à la brigade. Rejoins-moi vite !

J'aurai une nouvelle à t'annoncer.

De sa boîte aux lettres, elle sortit une enveloppe avec, au dos, un joli S stylisé. Elle trouva à l'intérieur une carte bancaire avec sa photo, une puce et un numéro.

Une fois dans la rue, elle se souvint qu'on était le 10, date où elle devenait capitaine ! Et le jour où Delumeau aurait dû recevoir la Légion d'honneur.

Mais pour se déplacer, elle n'avait plus de véhicule. Sa Twingo était en panne d'essence.

La moto… elle devait d'abord récupérer la moto.

À Saint-Denis, la circulation semblait redevenue normale. Le métro fonctionnait. Alors qu'elle se dirigeait vers la station Carrefour Pleyel, elle passa devant son agence bancaire et s'arrêta au distributeur de billets.

Elle glissa l'étrange carte S dans la fente en murmurant :

– Qui sait ?

Cette carte n'est pas valable, afficha l'écran.

Une ombre de déception l'effleura.

– Un problème ? demanda derrière elle un client qui quittait l'agence. Ah, je vois ! Il faut utiliser votre ancienne carte. Moi aussi, j'ai reçu celle de la Singularité. Comme vous, je l'ai essayée. Elle ne fonctionne pas.

L'homme la sortit de sa poche et ajouta :

– Mais je la garde. On ne sait jamais…

En arrivant au 6e étage de l'immeuble de l'avenue Victor-Hugo, Logicielle trouva sur le vieux compteur la clé de la chambre de Milena. Elle entra et fut rassurée en voyant la pièce vide.

L'amie d'Antoine avait laissé sur le matelas un mot manuscrit :

N'oublie rien. Tout va bien.

On t'embrasse !

M. (+ A.)

Logicielle récupéra son sac, ses vêtements, son ordinateur portable. Et surtout son arme de service qu'elle avait dissimulée sous l'évier.

Dans la cour, la moto n'avait pas bougé.

Elle regagna Saint-Denis pour faire le plein. Elle garait la moto dans la cour du commissariat quand Jeff la héla :

– Logicielle ? Mais oui, c'est toi... quelle allure ! Dis-moi, tu as changé de coiffure ?

– Oui. Je t'expliquerai.

– Franchement, je te préférais avant... Enfin, tu es là... quelle histoire !

– Séraphin est venu hier ? Il t'a tout expliqué ?

– Oui. Il y a de quoi écrire un roman. Max est là ? Il va bien ?

– J'espérais le trouver ici. Il doit dormir, il ne va plus tarder.

– Viens vite, tout le monde t'attend.

– Comment ça ?

– Tu n'as pas eu mes mails ce matin ? Ni reçu mes appels ?

Non, elle n'avait pas allumé son OMNIA 3 ni même rechargé son téléphone portable.

– On m'attend, et pourquoi ?

– Parce que tu reprends du service ! Hier, la Duchesse est tombée et elle a été emmenée par le Samu. La préfecture te demande d'assurer à nouveau la direction de la brigade.

– Cette chute, c'est grave ? Qui est responsable ?

– Personne ! Son pied a ripé sur une marche. Le coupable, ce sont ses hauts talons !

62

Comme Logicielle s'apprêtait à repartir, Jean-François la retint.

– Je te rappelle que, malgré les événements d'hier, la remise de la Légion d'honneur au patron est maintenue. Ta promotion aussi. Les cérémonies auront lieu à quinze et seize heures, comme prévu.

– J'y serai.

– Eh ! Il est déjà treize heures, où vas-tu ?

– Récupérer ma Twingo. Si la fourrière ne l'a pas enlevée !

Non, sa voiture était toujours sur le parking et le champagne dans le coffre. Mais elle dut la pousser jusqu'à la station-service pour faire le plein.

Cinq minutes plus tard, elle passait devant la rue des Chantiers.

Après avoir hésité, elle s'y engagea. Vieux réflexe professionnel.

Duruel, qui travaillait dans la cour de l'atelier, la vit se garer.

Il arrêta sa scie circulaire et s'approcha pour la saluer. Il la dévisageait en écarquillant les yeux.

– Oui, je sais, j'ai changé de coiffure.

– En effet. Je trouve que ça vous va très bien.

En jetant un coup d'œil vers le pavillon, Logicielle vit que les rubans et cachets de la Crim n'étaient plus là.

– Ils ont tout enlevé, confirma l'artisan. Ils m'ont demandé de remplacer la porte. Du coup, c'est moi qui ai la clé... et qui nourris le chat. Vous voulez refaire un saut là-bas ?

– Oui, fit-elle après réflexion. Oui, je vous remercie.

– En repartant, tirez simplement la porte. Et glissez la clé dans la boîte.

Logicielle entra dans la villa comme on pénètre dans un tombeau.

Tout était sombre. Rien n'avait changé.

Elle gagna la chambre du commissaire et ouvrit la commode près du lit. Les lettres étaient toujours là, la Crim ne s'y était même pas intéressée.

Elle prit les trois paquets, sortit... et se figea sur place.

Sur le seuil, le chat noir était là. Assis, immobile, il la regardait.

Elle dut contourner l'animal qui semblait décidé à ne pas bouger d'un poil. Il la fixait avec une expression ironique qu'elle traduisit par : le vrai propriétaire, c'est moi. Et toi, tu n'as plus rien à faire ici.

– Tu as raison, le chat ! lui lança-t-elle.

Et elle s'esquiva.

63

À 15 heures, quand Logicielle regagna la brigade chargée de sa caisse de champagne, Max n'était toujours pas arrivé.

– Tu l'as appelé ? demanda-t-elle à Jeff.

– Oui, il y a dix minutes. Il ne répond pas.

Le hall d'entrée était bondé. Aux membres du personnel du commissariat, en tenue, s'étaient ajoutés de nombreux officiels, des gradés, et des officiers qu'elle ne connaissait pas.

Comme elle était en jean, elle s'éclipsa au vestiaire pour enfiler son uniforme, un tailleur bleu nuit.

Par la porte entrouverte, elle aperçut l'écran accroché dans un angle de la salle d'attente et sursauta.

Sunsong, en gros plan, passait à la télé.

– *Oui, mon entreprise porte plainte pour diffamation. Accuser NCF et Oxoil d'avoir voulu faire sauter le siège de leur entreprise est à la fois ignoble et saugrenu ! Je me réjouis que les explosifs aient été neutralisés à temps. Je tiens à remercier et à saluer l'action des pompiers et de la police. Et j'espère que la justice identifiera rapidement les responsables de ce projet d'attentat.*

Il marqua un temps calculé.

– *Un projet qui démontre que des terroristes sont prêts à tout pour démanteler notre société. Elle a tremblé sur ses bases mais grâce à Dieu, elle reprend ses activités. Les Bourses ont rouvert leurs portes. Les politiques ont retrouvé leur fonction.*

Avec son teint bronzé, ses traits lisses et son expression assurée, le PDG inspirait une pleine confiance. Un vrai capitaine de navire qui prend soin de tous ses passagers.

– *Savez-vous à quoi l'humanité a échappé ?* acheva-t-il en fixant les téléspectateurs invisibles. *À l'apocalypse !*

– Je n'en suis plus si sûre, répondit Logicielle à mi-voix.

– Tu viens ? lui glissa Jean-François en passant la tête dans l'entrebâillement. On n'attend que toi ! On commence par la Légion d'honneur du patron, tu as préparé un discours ?

– Non. Parce que tu crois que c'est à moi de...

– Bien sûr, puisque la Duchesse n'est pas là !

Tant pis, elle improviserait.

En entrant dans le hall, des dizaines d'yeux se braquèrent sur elle. Au fond de la salle était accroché un imposant ruban noir sur lequel figurait, en lettres d'argent :

E. DELUMEAU,
COMMISSAIRE HONORAIRE
RECONNAISSANCE
DE TOUTE LA 6e BRIGADE
DE SAINT-DENIS

Elle s'avança pour saluer une vingtaine d'inconnus dont Jean-François lui livra le nom et la fonction sans qu'elle pût en retenir la moitié. Un préfet lui adressa un sourire en chuchotant :

– Vous ressemblez beaucoup à une célèbre présentatrice...

Soudain, elle fit face à plusieurs visages familiers. Il y avait là Jules et le commissaire Germain.

– Quelle bonne surprise, vous êtes venu !

– Bien sûr, Jeff m'a appelé hier. J'ai laissé Andre dans le Périgord. Elle vous embrasse, je la retrouve ce soir. Ah... et toutes mes félicitations !

– Je vous expliquerai comment j'ai délivré Max.

– Oh, je parlais de votre coiffure. Vous êtes superbe, en brune !

– Germain ? Voici mon collègue Jules, de la Crim. Il est chargé de l'enquête.

– Elle avance ? demanda le commissaire.

– Très mal, avoua Jules qui sortit de sa poche un sachet stérile. Comme indice, on n'a guère que cet échantillon de laine angora.

– C'est peu, admit Germain en serrant d'instinct le col de sa veste.

– Et vous êtes là vous aussi, Manon ? dit Logicielle.

Un côté de son visage souriait, l'autre était bouleversé.

– Je me suis permis de la prendre en passant, expliqua Germain.

– Vous avez bien fait. Manon ? Vous me rejoindrez dans le vestiaire, tout à l'heure ? J'ai des lettres à vous remettre.

– Dimanche dernier, ajouta Germain à voix basse, Manon nous a retenus à déjeuner Andre et moi. Nous avons mangé un bœuf aux carottes inoubliable !

– Un bœuf-carottes ?

– Oui, je sais... un hasard[1] !

1. En jargon policier les « bœuf-carottes » sont les membres de l'IGS, la police des polices.

64

– Avant la remise de cette décoration, annonça le préfet, le lieutenant Laure-Gisèle Beffroy va nous dire quelques mots à propos du commissaire Delumeau, dont le sens du devoir a entraîné une fin prématurée et tragique.

Le silence se fit d'un coup.

Debout à côté d'un lutrin sur lequel était posé un coussin rouge, Logicielle était devenue l'objet de tous les regards. Prenant sa respiration, elle commença :

– Monsieur le préfet, madame le juge, chers collègues…

Elle s'interrompit car, à l'entrée du commissariat, un brouhaha avait retenti, suivi d'un mouvement de foule. Les invités s'écartèrent pour laisser passer… la Duchesse !

Avec sa jambe dans le plâtre, elle se déplaçait difficilement, appuyée sur Max qui lui prêtait son épaule. En le voyant hors d'haleine et en sueur, Logicielle, confuse, comprit en un éclair qu'il avait été contraint de venir… à pied.

Elle adressa un salut militaire à sa supérieure et, s'effaçant, l'invita à venir sur le podium.

– Madame le commissaire, je pense que c'est à vous que revient l'honneur de...

– Mais non, mais non ! s'empressa de chuchoter la Duchesse. Je vous en prie, chère Logicielle, continuez !

Elle lui adressa un sourire crispé et, d'un geste de la main, lui intima l'ordre de poursuivre. Logicielle vit alors Manon qui la fixait, Manon très attentive à l'hommage qui se faisait attendre. Elle déclara alors d'une voix qui ne tremblait pas :

– Ici, nous avons tous bien connu le commissaire Delumeau. Pendant des années, nous avons vécu sous ses ordres. Notre supérieur n'était pas toujours indulgent. Il était même souvent exigeant. Intransigeant. Et parfois impitoyable !

On aurait entendu une mouche voler. Interdits, les collègues de Logicielle se demandaient jusqu'où elle oserait aller. Ces critiques étaient une entorse stupéfiante à la tradition.

– Mais c'était un homme exceptionnel.

Gorge serrée, elle marqua un temps.

– Un homme dont l'abnégation était admirable. Le matin, il était toujours là avant l'officier de garde. Et le soir, le dernier à partir. Il passait ses week-ends à la brigade. Exigeant et intransigeant ? Certes. Mais moins avec les autres qu'avec lui-même. Un modèle de ténacité. Oui, je peux l'affirmer et vous le répéter sans mentir, Edmond Delumeau était un commissaire unique. Et un homme admirable.

Logicielle nota que, devant elle, plusieurs de ses collègues se mouchaient. Elle eut peine à y croire avant de constater qu'elle-même avait les larmes aux yeux.

Quand elle s'arrêta, un silence interminable se fit. Puis quelqu'un applaudit. Imité par tous. Une ovation qu'elle accompagna d'un geste vers le ruban noir. Pour montrer que cet hommage n'était pas dû aux termes de son discours mais à celui qu'il évoquait.

Le préfet prit à son tour la parole pour réclamer une minute de silence. La Marseillaise retentit pendant la remise posthume de la Légion d'honneur. Après que le préfet l'eut déposée sur le coussin, il se tourna vers Logicielle.

– Y aurait-il ici un membre de la famille…

D'autorité, elle se dirigea vers Manon et l'obligea à s'approcher.

– Je pense que la décoration peut être confiée à madame.

Le préfet s'exécuta avant que Manon, bouleversée, ne revienne vers Logicielle pour la serrer dans ses bras.

Après le départ du préfet et des officiels, la brigade regagna la pièce de repos où avait été installé un buffet. Élevée au grade de capitaine, Logicielle était embarrassée que sa promotion fasse l'objet d'une fête si peu de temps après la cérémonie funèbre.

La Duchesse s'approcha en boitillant. Max, toujours aussi prévenant, lui servait d'appui.

– Je vous félicite, Logicielle. Très jolie coiffure. Et très beau discours. Vous étiez l'homme... je veux dire la femme de la situation. Et vous, vous l'aimez ?

La question, abrupte, ne s'adressait pas à elle mais à Max.

– Oui, répondit-il avec gravité. Depuis longtemps. Et pour la vie.

– Vous avez bien de la chance, dit la commissaire en soupirant.

Après qu'une ombre eut passé dans son regard, elle rectifia :

– Vous avez tous deux beaucoup de chance. Au fait, vous avez pu profiter de cette petite semaine ? Vous êtes partis en voyage ?

– Moi, oui, dit Logicielle. Mais Max n'est guère sorti.

– Voyez-vous, pour en revenir à Delumeau, j'avais beaucoup entendu parler de lui, reprit la Duchesse. Et j'étais loin de soupçonner qu'il était autant apprécié.

– À vrai dire, nous aussi, avoua Jeff qui les avait rejoints.

ÉPILOGUE

Le buffet se prolongea jusqu'au soir. Les invités quittèrent le commissariat un à un. Bientôt, il ne resta plus que les membres de la brigade. On ouvrit les dernières bouteilles de champagne.

– Dis donc, la Duchesse s'est acheté une conduite ! nota Jeff en lançant une bourrade à Max. Qu'as-tu fait pour l'apprivoiser ?

– Rien ! Quand je l'ai doublée dans la rue, elle m'a apostrophé et demandé de lui prêter main-forte. On a causé un peu en route…

– Si elle la ramène encore, on connaît le remède ! Vous restez avec nous ce soir, tous les deux ?

– Désolée, répondit Logicielle. Mais j'aimerais que nous nous retrouvions en tête-à-tête.

Ils eurent beaucoup de mal à s'éclipser. Ils allèrent se blottir dans leur refuge favori, à deux pas.

Le Fleuve rouge…

Quand ils entrèrent, les clients se retournèrent sur eux. Plusieurs dévisagèrent Logicielle et quelqu'un, au fond de la salle, leva son verre vers elle. De nombreux convives l'imitèrent.

Elle ne savait quelle attitude adopter et, à tout hasard, s'inclina. Pour remercier.

Elle chuchota à Max :

– Tu les as mis au courant de ma promotion ?

– Pas du tout ! Mais ici, les nouvelles se propagent vite. Chen est fier de toi à plusieurs titres et tu lui fais une sacrée publicité. Si la Singularité tarde à revenir, tu peux toujours tenter ta chance aux élections !

– On commande ? dit-elle en s'asseyant.

– Plus tard, répondit Max en lui saisissant les mains, décidé à ne plus les lâcher. Ce soir, nous avons le temps. Et même toute la vie devant nous.

– La Duchesse a raison, Max. Nous avons beaucoup de chance.

Elle pensait à Delumeau et Manon. Sans jamais cesser de s'aimer, ils avaient passé leur vie séparés.

– Au fait, dit Max, tu me pardonnes mon retard ? Je dormais comme une masse !

– C'est ma faute. Je t'ai obligé à venir à pied.

– Pas grave, mon capitaine. Mais dis-moi, tu m'as intrigué…

Il sortit de sa poche un papier et le lut à haute voix :

– *J'aurai une nouvelle à t'annoncer.* De quoi s'agit-il ?

– De ceci, répondit-elle en sortant un petit paquet de sa poche.

– Qu'est-ce que c'est ? fit Max. Un cadeau ?

– C'est surtout un test.

– Ah ! Et il faut répondre à une question ?

– Oui. Je me la posais depuis une semaine…

– Quelle question ?

Elle rapprocha son visage au point que leurs lèvres, à présent, se frôlaient. Leurs paroles n'étaient plus que des murmures.

– Tu préfères la question, Max, ou la réponse, en trois mots ?

– La réponse, bien sûr ! En trois mots ?

– Je suis enceinte.

Je tiens à remercier mes amis le docteur Patrick Waquier, dit « Doc Ti Waq », et le capitaine de police Christophe Guillaumot pour leurs précieux conseils professionnels.

L'AUTEUR

Christian Grenier est né à Paris en 1945. Depuis 1990, il vit de sa plume dans le Périgord.
En 1993, sa fille le met au défi d'écrire un polar. Il décide de la mettre en scène déguisée en lieutenant de police stagiaire, dans un « roman policier en cinq actes », *Coups de théâtre*, où lui-même apparaît en inspecteur vieillissant. Ainsi naissent Logicielle et Germain Germain-Germain.
Encouragé par ses lecteurs (et par sa fille !) il récidive avec *L'Ordinatueur*, où Max se révèle un adjoint fidèle, attachant et... possessif. Depuis, la jeune informaticienne mène enquête sur enquête...

Pour en savoir plus sur Christian Grenier, visitez son site sur :
http://www.noosfere.org/grenier

Retrouvez tous les titres de la collection
Heure noire

sur **www.rageot.fr**
et **www.livre-attitude.fr**

PAPIER À BASE DE FIBRES CERTIFIÉES

RAGEOT s'engage pour l'environnement en réduisant l'empreinte carbone de ses livres. Celle de cet exemplaire est de :
872 g éq. CO_2
Rendez-vous sur www.rageot-durable.fr

Achevé d'imprimer en France en mars 2013
sur les presses de l'imprimerie Hérissey à Évreux
Dépôt légal : avril 2013
N° d'édition : 5860 - 01